작가는 어떻게 생각을 시작하는가

작가는 어떻게 생각을 시작하는가

초판 1쇄 인쇄	2019년 7월 12일
초판 1쇄 발행	2019년 7월 19일
지은이	이웅준
펴낸이	정해종
책임편집	김지환
편집	강지혜, 김지용
마케팅	고순화
경영지원	이은경
디자인	ZINO DESIGN 이승욱
제작	정민P&P
펴낸곳	(주)파람북
출판등록	2018년 4월 30일 제2018-000126호
주소	서울특별시 마포구 양화로12길 8-9, 예현빌딩 2층
전자우편	info@parambook.co.kr
페이스북	www.facebook.com/parambook/
네이버 포스트	m.post.naver.com/parambook
대표전화	02-2038-2633(편집) 070-4353-0561(마케팅)

ISBN 979-11-90052-08-5 (03800)

- 이 도서의 국립중앙도서관 출판예정도서목록(CIP)은 서지정보유통지원시스템 홈페이지
  (http://seoji.nl.go.kr)와 국가자료공동목록시스템(http://www.nl.go.kr/kolisnet)에서 이용하실 수 있습니다.
  (CIP제어번호: CIP2019025595)

작가는 어떻게 생각을 시작하는가

이응준 작가수첩

파람북

사랑과 혁명의 우주 일진 '몬스터'에게

내가 처음 출발점에서 쓴 작품들에서는 시간이 부정되어 있었다.

그 후 나는 차츰차츰 시간의 원천을, 그리고 성숙을 다시 찾았다. 작품 자체는 오랜 성숙의 과정일 것이다.

「공책 제7권(1951년 3월~1954년 7월)」, 『작가수첩』, 알베르 카뮈

전사戰士로서의 작가, 작가로서의 전사

전원이 기마병인 몽골 군대는 역사상 러시아를 정복한 유일한 군대였다. 나폴레옹도, 히틀러도 러시아에 들어가서는 혹한과 진창 때문에 모두 지옥을 헤매다가 결국 처절하게 패퇴하고 말았다. 1237년 몽골 군대가 일부러 겨울에 러시아 원정을 시작한 이유는 강이 얼어붙어 땅처럼 건너갈 수 있기 때문이었다. 또한 봄에는 얼어붙은 땅이 녹아 생긴 진창이 몽고말들의 발목을 부러뜨리는 지뢰와 다를 바 없을 터였다. 물론 움직이는 생명체를 죽음의 고체로 둔갑시켜버리는 혹한이 문제였지만, 평소 순록이 사는 영하 50도의 대초원에서도 적응해온 몽골 기마병들은 몽고말들과 한 몸이 되어 자고 깨며 전진했다. 그들은 자연과 싸우지 않고 자연 속으로 스며들어 가는 법을 아는 전사들이었다. 그들은 인간이라기보다는 자연신自然神이었다. 그리고 그들의 적에게 그들은 악마였다.

몽골 군대는 항복을 받아들이지 않으면, 총공세로 함락해 전 주민을 몰살하고 온 도시를 파괴했다. 특히 도서관은 반드시 잿더미로 만들어 버렸다고 한다. 그들이 야만의 궁극이었는지는 잘 모르겠다. 그러나 그들은 기록을 말살당한 인간은 인간 이하가 되고 만다는 진실을 잘 알았다. 그들은 적을 짐승으로 전락시켰다. 이러한 폭력의 참상은 우리들의 실존에 시사하는 바가 있다.

나는 몸과 마음이 약해지면 몽골 기마병을 상상하고 내 마음에 그것을 둔다. 이는 애처롭긴 해도 내 사악한 명상으로 투명한 평화를 불러일으킨다. 이것을 기도라고 불러도 좋을까. 과거의 어느 날부터 나의 모든 기도는 묵언 기도이다. 이것이 좋은 일인지 나쁜 일인지는 모르겠으나, 적어도 나는 기도를 잃지는 않았다.

아무도 책이란 것을 읽지 않고 아무나 작가가 될 수 있는 것만 같은 그런 세상이지만, 내가 쓴 내 책이 그것이 무엇이든 내게는 누구에게도 검열받거나 지배당하지 않는 소중하고도 강인한 세계이다.

아이러니하게도 만약, 내가 처음 작가가 되었던 스무 살 그 무렵에 철없이 밝게만 생각했던 것처럼 아직도 이 시대가 문학과 문학인의 말을 귀 기울여 들어주는 세상이었다면, 내가 이렇게까지 지독하게 무언가를 기록하지는 않았을 거라는 생각이 든다. 만약 그런 세상이었다면, 나는 이러한 사상과 표현의 정리 과정 없이 그냥 막 바로 시나 소설이

나 희곡이나 시나리오나 에세이나 칼럼 등을 써 갈겼을 것이다. 하지만 이렇듯 나는 무슨 열병에 걸려 미쳐버리기라도 한 사람처럼 펜을 손에서 놓지 못한 채 이 외로운 글들을 고집스럽게 적어 내려갔다. 이 책은 희한한 책이고 '성찰하는 괴물'의 책이다. 그리고 이 책에도 장르가 있다면, 필경 그것은 다름 아닌 '작가'일 것이다. 나는 그저 한낱 이야기꾼이 되고 싶어서 소설가가 된 게 아니다. 예나 지금이나 나는 이 세계와 인간을 진단하고 예언하는 작가이고 싶으며, 그 한참 이전에 나는 세상의 사랑과 기쁨도 인간의 아픔과 슬픔처럼 노래하는 시인이다. 나는 대여섯 가지의 예술 장르들을 섭렵하면서, 그중 글쓰기로서 존재하는 거의 모든 것을 다 했다. 이것은 표면적으로는 내가 한국 문단이라는 관료주의적 감옥에서 나 스스로를 탈출시켜 살아오면서 스스로를 지키고 확장하고 발전시켜나가다가 온갖 범주들을 수렴한 탓도 있으려니와, 나라는 인간의 성향과 원자로原子爐 자체가 원래 그러하기 때문이다.

이 책을 읽는 사람들 가운데 반드시 작가까지는 아니더라도 자신만의 글을 쓰려는 욕망이 있는 사람이 있다면 나는 어쩌면 이 책이 꽤 도움을 줄 수도 있으리라고 믿는다. 내가 이런 말을 하는 것은, 문학은 궁극적으로 문학을 실행하는 태도와 자세 말고는 감히 누가 누군가에게 지도할 수 있는 게 아니며, 무도武道와는 달리, 제자가 스승을 닮아버리면 그 스승과 제자는 함께 망해버리는 까닭이다.

문학은 처음부터 끝까지 독창성이다. 앞으로 내가 죽는 그 날까지 권수를 늘려가며 계속해서 써 내려갈 이 글들의 소망은 바로 그러한 태도가 완강하고 그러한 자세가 바르다.

고로 이 책은 나의 문학 공장이자 내 인간과 세계에 관한 고뇌와 모든 글의 전생前生이고 그것 그대로 나의 전쟁이자 본론이며 수사학이다. 내게 '기록하는 인간'은 '살아 있는 인간'이라는 뜻이다. 다른 모든 사람에게는 그렇지 않더라도 내게는 분명 그러하다. 나는 기록하는 인간만이 인간을 구원할 수 있다고 신앙한다. 요즘 나는 슬픈 꿈을 자주 꾼다. 나는 이 세상이 마치 몽골 군대 같다. 푸른 늑대와 흰 사슴의 후예들은 어디에서 와서 어디로 사라졌는지 모르게 나의 모든 기록을 불살라 버리려 든다. 그런데 또한 나는 어딘가를 침공하는 몽골 전사처럼 몽고말들 틈에 웅크리고 혹한을 견디며 진격한다. 나는 나를 포위하는 자연을 적으로 삼지 않고 자연, 즉 나의 고난 속으로 차라리 스며들면서 얼어붙은 거대한 강물 위를 대초원처럼 달려간다.

몽골 군대의 파괴에 저항하는 기록자와 제 삶의 고난들에 대한 정복자로서의 이중적인 존재인 작가. 그 연옥 같은 정체성. 인생이 가도 가도 끝없는 문제 해결의 과정이라더니, 어느덧 이제 나는 부모 형제 일가친척 하나 없는 완전한 고아가 되었다. 이제 내 곁에는 정말 아무도 없다. 이것은 상징이라든가 비유가 아닌 순수해서 끔찍한 리얼리티다. 그러나, 그렇지만, 그렇다고 해서 우정과 사랑이 전혀 없지는 않을 것이고, 나는 나의 희망을 나의 고통 위에 기록해갈 것이다. 이 책은 희한한 책이자 '성찰하는 괴물'의 책이며 '작가'라는 장르를 가진 책이기 때문이다.

2019년 7월

이응준

차례

1

슬프고 담담하고 아름다운 것들

나는 책을 좋아하는 아이는 아니었다. 음악을 많이 들었고, 늘 멍하니 엉뚱한 생각들이 많았다. 나는 글을 쓰는 아이였다. 작가가 되고 싶어서 본격적으로 시를 썼던 것은 열네 살에서 열다섯 살 무렵 정도가 아니었나 싶다. 나는 글을 읽는 아이라기보다는, 글을 몰래 쓰는 아이였다. 스무 살 무렵에 정식으로 시인이 되었을 적에, 나는 너무 이상한 직업(아닌 직업)을 너무 일찍 가져버려서 적잖이 당황했다. 나는 책을 아주 좋아하는 어른은 아니다. 음악보다는 정적靜寂이 좋고 멍하니 엉뚱한 생각들은 더 많아졌다. 책을 읽으면 마음이 지나치게 편안해져서 아무 일도 못할 것만 같은 불안이 밀려와 책장을 자주 덮는다. 청년의 시기 또래 작가들과 단체로 언론사 인터뷰가 있을 적에(2000년대 초반까지만 하더라도 그런 경우가 많았다.) 그 작가들이 자기는 초등학교나 중학교 시절 모교 도서관에 있는 책들을 다 읽었다느니 하는 얘기를 바로 옆에 앉아서 들을 적마다 나는 아무 말도 하지 않고 가만히 있음으로 해서 덩달아 대단히 타고난 다독가가 되고는 했다. 너무 이상한 직업(아닌 직업)을 너무 일찍 가져버려서 적잖이 당황했던 내게 독서는 교양 행위가 아니라 자료 탐색이었고 공업工業이었고, 그것은 요즘도 마찬가지다. 짧지 않은 세월 나는 문학을 가르치는 선생이기도 했는데, 항상 나의 학생들에게 '읽기'보다는 '쓰기'를 권하고 강조했다. 작가가 되고 싶었으나 작가가 되지 못하는 사람들 가운데는 '읽는 것'을 '쓰는 것으로부터의 도피처'로 삼은 이들이 의외로 많기 때문이다. 과거 내가 영화를 처음 시작할 때, '비록 지금은 영화를 사랑하지 않지만, 앞으로 영화를 하면서 영화를 사랑할 것이다.'라고 누군가에게 말했던 것은 그 때문이다. 사랑에 관하여 천만 번 논하기만 하는 자가 되느니 단 한 번이라도 사랑을 해보는 자가 올바른 인생임을 나는 믿는다. 군인은 시인이 아니지만, 시인은 군인이다. 또한 글쓰기가 예술이 아닐 순 있지만 예술로서의 글쓰기가 존재하지 않는다면, 내게 다른 모든 예술은 애초에 존재하지 않았다. 내가 무엇을 느낀들 글로 표현하지 못한다면, 그게 대체 무슨 허깨비란 말인가? 슬프고 담담하고 아름다운 것들은 싸우면서 찾아진다. 싸우기를 싫어하면, 인간과 세상이 책이라는 사실을 모르게 된다. 그래서 우리는 종이로 된 책만 많이 읽은 바보들을 자주 목격하는 것이다. 나는 책을 좋아하는 아이는 아니었다. 음악을 많이 들었고, 늘 멍하니 엉뚱한 생각들이 많았다. 나는 글을 쓰는 아이였다. 몰래 쓰고 있었지만, 행복했다.

내가 하는 짓

161111

곧 출간될 내 어떤 책이 830페이지가 넘을 거라는 통보를 방금 편집자에게서 받았다. 칼 세이건의 『코스모스』보다 더 두껍다.

코스모스. 쌍떡잎식물 초롱꽃목 국화과의 한해살이풀. 코스모스란 그리스어의 'kosmos'에서 유래했는데 질서라는 뜻이다. 한방에서는 뿌리를 제외한 식물체 전체를 추영秋英이라는 약재로 쓰며, 눈이 충혈되고 아픈 증세와 종기에 처방한다.

코스모스 같은 아가씨를 오래 바라본 적이 있었다. 코스모스 아가씨, 오늘은 겨울의 시작이기에 이렇게 몰래 불러본다. 베개 삼아 베고 잠들면 악몽에 시달릴 내 새로운 책. 언제 누가 내게 가르쳤는지 모르지만, 인생은 노상 이상한 죄책감이다.

내가 하는 짓이 다 그렇지 뭐.
오리무중五里霧中은 업보다.

이상한 믿음

161203

악마 같은 한 인간이 인생의 어느 순간 문득 아무것도 아닌 것에서,

자신도 이해할 수 없는 어떤 슬픔에 홀로 깊이 젖게 되는 것을 나는 믿는다. 그리고 그 슬픔이 안개 걷히듯 이내 증발하고 나면, 그는 다시 악마 같은 인간으로 되돌아간다. 이것은 아무도 알지 못하는 그의 영원한 비밀일 것이다. 어쩌면 그조차도 경험할 뿐 곧바로 망각하고 마는 비밀 아닌 비밀.

내 시와 소설과 희곡과 시나리오 속의 모든 인간은, 설혹 그가 천사의 말을 하는 성자聖者일지라도, 모두 이러한 과정을 거치게 된다.

악마 같은 인간이 아니라, 악마일지라도.

분신들

161206

광화문 지하도에서 술에 꼴은 노숙자1이 술에 꼴은 노숙자2에게 이렇게 말한다.

"형. 내가 웃으니까, 좋지?"

노숙자2가 대답한다.

"좋지."

나랑 성호 형인 줄 알았다.

과학책

161211

과학책을 읽으면. 세상사가 다 하찮고 부질없어 보인다. 특히 정치 같은 것들. 아수라장들. 죽기 전에 지랄 발광하고 싶어서 그럴듯하게 우글거리는 것들. 그런 의미에서 과학은 진정한 종교성을 지니고 있다. 수학을 못하기에 망정이지 만약에 잘했더라면, 지금처럼 내게 과학책이 심오한 경전經典일 수는 없었을 것이다. 과학을 가지고 뭘 또 해보려고 했을 테니까.

과학자들은 다 사제司祭요,
시인은 어느 강물에서건 깊이 가라앉고 싶어 하는
이 세계의 사금파리, 그 부스러기다.
그렇다면 당신은, 엉뚱한 곳을 향해
머리 조아리며 시공간을 더럽히지 말고 사막의
모래에게 경배하시오.

새로운 문체

161211

새로운 문체. 마른 장작 같은 문체.
그러나 읽는 사람이 불을 붙이면, 활활 타오르는 문체.
깨끗이 재가 되는 문체.

당부

161215

노래를 잃어선 안 된다.

노래를 잃지 마라.

블랙리스트

170129

정치를 한다는 양아치들이 만드는 블랙리스트는 별로 안 무섭다. 그것이 예술인들을 심각하게 괴롭힐 수는 있어도, 결코 그들의 의지와 희망을 끝까지 꺾거나 예술을 말살할 수는 없기 때문이다. 예술가와 예술이 정치와 체제가 가해오는 시련과 역경 속에서, 오히려 더 강해지고 빛났던 사례는 전 세계 예술사에 차고 넘친다.

정말 더러운 블랙리스트는 예술을 한다는 자들 가운데 '어떤 자들'이 만들어놓은 블랙리스트다. 이것은 예술인들을 심각하게 괴롭히는 정도가 아니라, 예술인들을 '예술적으로' 타락시킨다. 게다가 '벌거벗은 임금님의 옷'처럼 눈에 보이지도 않는다. 물증이 없다.

모멸받는 자를 위한 속삭임

161202

몰랐던 것이 아니다. 모르려야 모를 수 없지. 이런 시대, 이런 나라에서 글을 쓰며 산다는 것은 여러모로 많은 양의 모멸을 수반하는 일이라는 것을.

날이 갈수록 그 정도가 자심하고 황당무계해지는 것도 다 괜찮다. 참을 수 있다. 팔자거니, 웃어넘길 수 있다.

그러나 책을 만들고 그것을 파는 자들이, 책을 만들고 그것을 파는 일에 그러는 것은 정말이지 적응이 안 된다.

적개심이 자괴감이다. 어서 이 길에서 벗어나고 싶은 이 마음을 다스리고 싶지 않다. 다스려서 될 일이 아니기 때문이다. 그다음이 중요할 뿐이다.

세상만사가 다 그렇다.

사랑을 마시는 일

161220

시인 김수영은 「요즈음 느끼는 일」(1963)에서.

"혁명 후의 우리 사회의 문학 하는 젊은 사람들을 보면, 예전보다 술을 훨씬 안 먹습니다. 술을 마시는 것으로 그 이상의, 혹은 그와 동등한 좋은 일을 한다면 별일 아니지만, 그렇지 않고 술을 안 마신다면 큰일입니다. 밀턴은 서사시를 쓰려면 술 대신에 물을 마시라고 했지만, 서사시를 못 쓰는 나로서는, 술을 좋아하는 나로서는, 술을 마신다는 것은 사랑을 마신다는 것과 마찬가지 의미였습니다. 누가 무어라고 해도, 또 혁명의 시대일수록 나는 문학 하는 젊은이들이 술을 더 마시기를 권장합니다. 뒷골목의 구질구질한 목롯집에서 값싼 술을 마시면서 문학과 세상을 논하는 젊은이들의 아름다운 풍경이 보이지 않는 나라는 결코 건전한 나라라고 볼 수 없습니다."라고 썼다.

이틀간 '사랑'을 너무 마셨더니. 머리가 맑아지긴 한 것 같다. 이제 다시 글을 쓰려고 한다. 머릿속이 다시 더러워지기 전에 얼른. 그러나 명심할 것은, 지금은 혁명의 시대가 아니며 문학 하는 젊은이들은 사라졌거나 상처받았다는 사실이다.

그리고 또한 명심할 것은. 나는 나의 시대를 환멸로 채워선 안 된다는 것. 사라지고 상처받은 마음에 뭔가 의미 있는 일을 해주고 싶다는 것. 나는 아직 나의 일을 시작도 안 했다.

글

170107

잠이 오지 않아 김현 선생의 글들을 뒤적뒤적 읽는다.

소란스러운 세상의 끝, 생의 이후에도 남는 것,

그럼에도 가장 소박한 것이 글이다.

음악도

그림도 아니지만,

아름답고 슬프고 담담한 것.

언어

170110

엎드려서 나를 빤히 보는 토토를 보면서

문득 이런 생각을 했다.

저 녀석이 말을 안 하니까 저렇게 예쁜 거 아닐까?

언어를 다루는 작가로서 우울하다.

문장 앞에서와 문장 안에서

170112

문장 앞에서 무자비해지기가 이토록 힘들구나.

문장 안에서 무자비해지는 것을 상상 못 하듯이.

소심한 나의 인생과 그런 나를 보는 내 벗처럼.

독서

170214

제임스 블레이크를 들으며

어떠한 필요에 의해,

손창섭을 읽는다.

어떠한 필요에 의해,

내가 나를 읽는 밤.

삶이 야영 같기도 하고

매복 같기도 하여,

당당하고, 고독하다.

해괴한 과거

170202

홀로 차 한 잔 마시다가, 문득
이런 생각이 들었다.

시인들이 정치를 했던 조선 시대는 말할 것도 없고
대강 1990년대 말엽 정도까지
시 잘 쓴다고 그게 (문화) 권력이었다니.

가만 보면
정말로 해괴한 일이 아닌가?
망하는 것들에는 다 이유가 있는가 보다.

시 한 편 쓰고
차 한 잔 마시다가 문득
그런 생각이 들었다.

글과 책

170326

책이 얼마나 무서운 물건인지 모르는 사람은
혁명 같은 것을 논할 자격이 없다.

글이라는 것이 얼마나 무서운지 모르는 사람은

인간이 가지고 있는 것 중에

가장 무서운 것이 무엇인지 모르는 사람이다.

쓸쓸한 독백

170226

과거, 누구나 작가가 될 수는 없다는 절망이 내게 작가이기를 꿈꾸게 했다. 지금은, 누구나 작가가 될 수 있는 시대다. 그렇다고 말하고, 그렇게 되는 시대다. 이 무자비한 희망 앞에서 나의 마음은 왜소하고 매일 매일 다른 곳으로 가버리는 꿈만을 꾸고 있다.

아무나 작가일 수는 없다는 절망이 그립다는 소리가 아니다. 작가를 꿈꾸는 내 이 한 몸이 민망해서 그런다. 이러한 시대는 날이 갈수록 더욱더 가혹해질 것이다. 인간으로서 제자리를 지키기 위해서라도 늘 떠날 준비는 되어 있어야 한다. 어쩌면 이것은 특별한 다짐이 아니라, 보편적 진실인지도 모른다.

무서운 이유

170506

인문학자나 예술가가 경제학을 어느 정도는 공부해야 하는 이유는, 경제에 관해 논하기 위함이 아니라 이 사회와 국가와 세계와 역사와 인간과 예술에 대해, 헛소리를 쏟아낼까 봐 두려워서다.

저 TV 속 공부를 쓸데없이 많이 한 누구처럼 될까 봐.

시인

170509

어떠한 불행 속에서도 시를 쓴다는 것은 정말 멋있는 일이지만.
시를 쓴다는 것은 인간으로서 그냥 멋있는 일이다.

시에 대하여

170510

시에 대하여 아는 것은 없다. 다만,
내게 시가 없었다면 지금보다 훨씬 더 방황했을 것이다.
뿌리가 뽑혀 나간 폭풍우 속 나무처럼.
구원은 환상일 뿐이나 종교가 위로와 신념을 주는 것이라면,
적어도 시는 내게 그러하다.

시는 내게 '자유'라는 교전수칙交戰守則을 준다.

그러나

170518

내가 문학을 공부하고 행하는 사람이라는 게 생활적으로는 고약한 독毒이 되었다는 사실은 분명하다. '그러나' 내가 문학을 공부하고 행하는 사람이라는 것은 돌이켜보건대, 결과적으로 다행이었다. 한 인간이 이 세계의 비밀 앞에서 바보가 되지 않는 것은 무척 힘든 일이기 때문이다.

물론 문학을 공부하고 행한다는 사람들 전부가 이 세계의 비밀 앞에서 바보가 아닌 것은 아니다. 솔직히 오히려 더 어리석은 경우, 더 더러운 경우가 태반이다. '그러나' 나는 문학을 공부하고 행하며 얻은 것들로써 이 세계의 비밀 앞에서 바보가 되지 않을 수 있었으며, 무엇보다 이방인이 될 수 있었다.

시인

170625

존경받으려는 시인은 사기꾼에 불과하다.

시인은 사랑받는 존재다.

만약 그가 시인이라면.

고전

170524

고전古典을 읽거나 듣거나 보는 것의 기본적인 이유는 지식이나 감동이나 교양 이전에, 그것이 그러는 사람에게 심리적 안정과 명상을 가져다주기 때문이다. 시간이라는 신과의 싸움에서 살아남은 것들이 그렇지 않다면 그게 이상한 일이겠지만.

당대에 유행하는 것들이 어떤 쓰레기인지, 당대에 무시당했던 것들이 어떤 보석인지, 무지와 편파 속에서 사라져가는 우리는 잘 알 수 없다.

타살

170905

오늘 마광수 선생이 돌아가셨다. 아파트 베란다 방범창에 스카프로 목을 매달아 자살하셨다고 한다. 개인적으로는 두세 번 사소한 인연이 있었다. 분명한 것은, 내가 만난 사람들 가운데 가장 솔직하고 꾸밈없이 말하는 분이셨다.

그게 무슨 외설 축에나 든다고, 현직 연세대 교수이자 작가를 그것도 강의 중에 긴급체포해 감옥에 집어넣었단 말인가. 대명천지 20세기 말에.

이 사회는 창피함 위에 지어진 거대한 축사畜舍다.

포주들

170906

대중이 이중적임은 뭐 그렇다고 치자. 마광수 선생이 정말 비판했던 것은 '지식인의 이중성'이었다. 진보니 보수니 하는, 지식인(요즘은 지식인이 연예인이고 연예인이 지식인이긴 하지만)이라는 헛것들의 이중성.

저 자뻑 포주들의 위선과 가식.

결격 사유

170906

마광수 선생에겐 이것이 없었다.

정치적 패거리.

이른바 좌파든 우파든, 그런 것이 있었다면,

최소한 저렇게 죽지는 않았을 것이다.

그게 이 더러운 사회의 단면이다.

사건조서 事件調書

170906

작품이 맘에 들고 안 들고의 문제가 아니다.

나도 마광수 선생 작품 안 좋아한다.

그러나 이건 인권 문제 같은 거였으니까.

작품의 검열 문제니까.

작가적 목숨과 한국 문학의 자존에 관한 문제였으니까.

그런데, 명색이 문인이란 자들이

그 야만적인 짓거리들을 용납하고 심지어는 거들기까지 했으니.

한국 문단이 제일 비겁했고 가장 죄가 크다.

사실이다.

이 살인 사건은 한국 문단이 주범主犯과 진범眞犯 사이에 있다.

젠틀맨의 죽음

170908

마광수 선생은 생전에 여성들에게 더없이 젠틀했다.

마광수를 비난하고 감옥에 잡아넣은 놈들과 그 직업군이 성희롱, 성추행, 성폭행, 뭐 그런 것들 전문이었지.

이 점을 부정하려는 사람은 광화문 광장에서 팬티까지 싹 벗고 10분간 춤을 추다가 그대로 멈추시오.

죗값

170920

한국 문학은 제 클래식 팬들을 잃었다.
이것저것 다 떠나서, 그건 죄이자, 그 죄의 결과가 맞다.
아직도 뭘 잘못했는지 모른다는 것은 말도 안 된다.

뭔가 슬프고

171028

내가 문단과 교류를 안 한 지 오래돼서 몰랐는데, 그간, 요즘, 최근, 그리 유명하지 않은 작가들. 나와 친하진 않았지만, 내가 알고는 있었던 작가들 가운데 예순 살을 못 채우고 돌아가신 양반들이 몇몇 있구나.

참 이상한 일이지. 작가들은 죽으면 괜히 나와 사적으로 친했던 것만 같은 착각이 든다. 아마도 뭔가 슬프고 불쌍해서겠지.

그래서 남은 인생, 내가 작가로만 죽기가 싫은 것이다.

도망자

171106

지하철 안에서 책을 못 보겠다.

스마트폰 좀비들 사이에서 너무 튀어 보여서.

어쩌다 세상이 이렇게 됐을까?

(기계치인 내가 드디어 전자책을 이용하기 시작해야만 하나? 그렇게 된다면 전자책은 독서용이 아니다. 위장용이다.)

현실과 상징

171123

한 시대가 파괴되고 새로운 시대로 접어드는 경계에서는 사람들이 생각하는 어떤 큰 사건 이전에 어떤 큰 상징이 먼저 발생하기 마련이다. 그리고 그 큰 상징은 그리 크지 않은 사건의 가면을 쓰기 마련이다.

후일. 한 시대가 무너져 새로운 시대 안에 들어서고 나서야 사람들은 비로소, 아, 그때 그게 그거였구나, 하고 깨닫는다. 자신이 역사 앞에서 바보였다는 사실을. 나는 그러긴 싫다. 왜냐하면 나는 현실과 상징을 다루는 작가이기 때문이다.

다행

180126

작가에겐 공부 아닌 것이 없다.

지옥에 갇혀 있는 것도 공부다.

겨울밤

171124

지난 7월에 작고하신 소설가 박상륭 선생님 사모님께서 선생님의 유업 정리 때문에 두 달 반 동안 귀국하셨다가, 내일 다시 캐나다로 돌아가신다며 전화를 주셨다.

내게 남은 인생은 아직도 이렇게 오리무중인데, 나와 나의 방황을 염려하고 위로해주시던 스승들은 하나둘 이 세계에서 사라지고 계신다.

언젠가는 나도 사라지겠지. 이것은 의문이 아니라, 내가 태어났던 그 순간부터 이미 결정된 사실이다.

인간은 이별의 동물이고, 나는 슬픔을 아는 사람이다.

이 겨울밤을 기록으로 남겨둔다.

모험

180203

인생이 모험이어서 즐거운 사람들이 있을 것이고,
인생이 모험이어서 괴로운 사람들이 있을 것이다.

다만 변하지 않는 진리는,

인생은 모험이라는 사실이다.

어떤 배우

180204

인간이 좌초되지 않으려면, 자신을 바라보며 살아갈 필요가 있다. 그럴 수 있는 좋은 방법이 있다. 자신이 제 인생이라는 연극의 배우라고 설정하고 감각하면서, 하루하루 매 순간을 살아가는 것이다. 이것은 실존적으로나 심리적으로나 과학적으로나 매우 옳은 행동이다. 이러면 인간은 자신 안에 갇히지 않으면서 제 삶을 즐길 수 있다. 반면 자신 안에 갇혀버린 사람은 온갖 고통 속에 허우적거리거나, 죽게 된다.

인생은 자신 안에 갇혀 사형수로 살 만큼 대단한 의미가 있지 않다. 이것은 우울하게 확 죽어버리기 위한 아이디어가 아니라, 그 어떤 경우에도, 제 삶을 끝까지 나름 보람있게 공연한 뒤 사라지기 위한 지혜다. 정교한 허무주의는 아름답다.

인생은 자신 안에 갇혀 사형수로 살 아무런 이유가 없다.

일과 공부

180216

일과 공부는 병행 끝에 합일되어야 한다.

일은 공부의 실현이자 새로운 일의 훈련이며 공부는 일의 피와 살과 뼈이자 새로운 공부의 예언이 된다. 공부는 일의 조건이 아니라 일이고 일은 공부의 결과가 아니라 공부다.

고독을 이기고 싶으면 공부하라. 그러나 고독을 이기고 세상과의 전쟁에서 이기고 싶다면, 공부하면서 일하고 일하는 것이 공부가 되게 자신을 세팅하라.

당연히

180417

사람들이 이렇게 물어오곤 한다. 무엇으로 글을 쓰느냐고.

당연히,

'슬픔의 힘'으로 쓴다.

처럼

180509

새로운 시대에 버림받아 사라지는 것들은, 사라지기 전에 거의 타락의 수준으로 변질하기 마련이다.

문학처럼.

집으로 걸어 돌아오는 내내

180519

아까 동네 미장원에서 머리 깎는데 원장님이 불쑥, "음악이나 그런 거, 예술을 하는 분이세요?" 이러는 거였다. 반소매 티셔츠에 슬리퍼 질질 끌고 간 내게 말이다. 나는 컴퓨터 관련 일을 하며 집에서 근무한다고 얼버무렸다. 집으로 걸어 돌아오는 내내, 기분이 이상했다.

작가로 살아온 지난 30년간이 대체 내 몸 어디에 어떤 문신을 해대고 어떤 어둠을 염색한 것일까. 집으로 걸어 돌아오는 내내, 나는 조용히 슬퍼했다.

토니 타키타니

180614

내가 좋아하는 영화 가운데, 무라카미 하루키의 단편소설 「토니 타키타니」를 원작으로 한 이치카와 준 감독의 〈토니 타키타니〉가 있다. 아내가 죽고 나자, 주인공 토니 타키타니는 그저 독신 정도가 아니라, 일가친척 하나 없는 천애 고아 무연고자로 남는다.

사람이 살다 보면, 자신의 일상을 자신이 새삼 가만히 들여다보게 되는 경우가 있다. 마치 영화관 어둠 속에 앉아 스크린 안의 자신을 바라보는 것처럼. 아까 낮에 내가 문득 잠시 그러했는데, 나는 내가 토니 타키타니 같다는 생각이 들었다. 내가 토니 타키타니처럼 일가친척 하나 없는 천애 고아 무연고자이기 때문만은 아니다.

토니 타키타니는, 벗어날 수 없다는 것을 알고서도 그러는지 몰라서 그러는지, 너무 익숙한 자신의 고독을 낯설어한다.

누군가는 평생 단 한 번도

180622

나는 원고 쓰기 싫을 때는 이런 생각을 하곤 한다.

'누구나 자기 말을 할 수 있는 게 아니며 누구나 공적 매체에 그 말을 발표할 수 있는 것은 아니다.'라는. '심지어 누군가는 평생 단 한 번도 자기 말을, 자신의 영혼을 타인에게 전해보지 못한 채 죽기도 한다.'

나는 지금 글을 쓰고 싶다.

음악

180627

음악보다 정적이 좋으니,

나는 이제 음악을 안다.

글

181114

글은 무서운 것이다. 글이 무섭지 않다고 착각하거나 아예 이에 대한 무식에 처절하게 오염된 인간들이 99%인 세상일수록, 오히려 더더욱 글은 무서운 것으로 마치 '존재하지 않는 것처럼 존재한다.' 세상 인간들 99%의 실존이 노예라는 것과 반면 겨우 1% 이하가 자기 자신의 주인이라는 사실이 '글의 무서움'이 아니라면 대체 뭐란 말인가.

이것

181227

소설가로서 나의 신념은 이것이다.

인간은 전체가 아니라 개별적 인간이며

개별적 인간이 되어야 인간이다.

나는 그러한 한 사람 한 사람을 만나

그를 대신하여 그가 못하고 못다 한 이야기를

세상에 들려주다가 죽을 것이다.

이것이 내 소설가로서의 자유이자, 인간으로서의 자유이다.

가장 지독한 모더니스트인 나의 완전한 리얼리즘이다.

대신

181129

흐트러진 일상 같은 집을 정리 · 정돈한 뒤

따뜻한 국물에 소주 한 병을 비우고

정말 오랜만에 책을 본다.

김수영의 산문들을 다시 읽어본다.

늘 새로운 사람이 되는 게 힘들다면,

대신 늘 새로울 수 있는 글을 쓰자.

늘 괴로운 사람이 늘 새로운 글을 쓸 것이다.

고로, 괴로운 것을 불평하는 것은,

가치에 대한 반칙이다.

겨울 길을

181205

걸으며 이런 생각을 했다.

이미 조지 오웰보다 3년이나 더 살았는데 뭘.

고생도 덜하고.

억울할 거 없다.

쓸쓸하자.

나

190228

다시 시작하자.

내가 변하면,

비록 세상은 변하지 않을지라도,

나의 세상은 변한다.

다시 시작한다.

먼지

190306

먼지를 사랑하자.

세상도 먼지고 나도 먼지다.

아니라고 믿고 살아도 조만간 그렇게 된다.

먼지로 변한 너와 나를 누군가 확인하게 된다.

먼지를 사랑하자.

그래야 살아 있을 때만큼이라도 바위와 싸울 수 있다.

먼지로서

먼지를 사랑하겠다.

뭔지 물어볼 뿐인 내 인생,

그게 정답인 나,

먼지.

새 시집

190306

이전의 것들과 다른 시가 아니라면,

새 시집은 낼 필요가 없다.

공연한 반복은 죽음이고,

쓰는 자에게나 읽는 자에게나

한평생 그렇게 많은 시가 필요하진 않기 때문이다.

미학적 양심이라기보다는,

내 삶에 대한 존중이다.

알고 보면, 사실, 삶의 다른 모든 것도

마찬가지다.

너무 많다.

하나

190308

오늘 아침부터 불교 공부를 다시 시작했다.

불법佛法은 나를 자유롭게 한다. 그리고 예수를 알게 한다.

불佛과 성聖은 하나다. 문文과 무武가 하나인 것처럼.

시詩와 침묵沈黙이 하나인 것처럼.

희생이 없으면, 깨달음도 없다.

인간은 쾌락에 상처 입는다. 혁명도 마찬가지다.

하지만 살아 있기에, 뭔가를 해야 한다.

나는 내 방황이 부끄럽지 않다.

노력하지 않는 자에겐,

방황이 없다.

나는 내가 해야 할 일을 한다.

그 모든 것은 결국 '하나'다.

나는 나를 치유해야 한다.

당신에게 상처 주지 않기 위해서.

어둠 속에서

190315

내 인생이 이미 허물어져버렸다는 느낌에 갇힐 적마다,

전인권을 생각한다.

나는 그가 구렁텅이에 빠져 있을 적에 만난 적이 있었다. 그는 어둠에 피는 새까맣게 타버렸고, 살과 뼈와 영혼이 다 문드러져 있었다. 아무도 그를 견딜 수 없을 것처럼 보였다. 그 이후 그는 부모님의 무덤에 가서. 저 이제 그만 살래요, 하고 말하고는 시계와 지갑 같은 물건을 거기에 두고 자살하러 산에서 내려갔다고 한다. 그러던 그는 발걸음을 되돌려 산을 올라 다시 무덤 앞에 서서 말했다고 한다.

한 번 더 살아볼게요. 다시 시작해볼게요. 다시 정상에 서볼게요.

그리고 그는 지금의 그가 되었다.

인생이 중심을 잃고 한없이 방황할 적에, 그런 어둠을 이겨낸 타인의 이야기는 도움이 된다. 우리가 어둠을 이겨내야 하는 중요한 이유다. 누군가는 훗날 당신의 이야기를 듣고 목숨을 구할 수도, 재기할 수도 있다.

나도 그러고 싶다. 이 어둠 속에서.

일요일 아침

190310

일어나자마자 어제 일기예보처럼 비가 왔나 하고 서재 창문 밖을 내다 보았다. 아니었다. 그러나 날은 흐리고 기압은 무겁다. 이사를 하면 볼펜 한 자루의 자리도 1년은 지나야 제자리를 찾는가 보다. 작년 5월 2일에 이곳으로 이사를 왔다. 밀렸던 책들 원고를 다 넘기고, 영화를 다시 시작하는 이즈음에야 비로소 먼지 한 톨 신발 한 짝도 제자리를 찾은 기분이 든다. 많은 방황과 허비가 있었으나, 내가 얼마나 힘들고 괴로웠던가는 내가 아니면 아무도 모른다. 그것이 인생이다. 사고가 나지 않고 사기당하지 않고 다치지 않고 죽지 않고 견뎠으니, 그것만으로도 감사하는 것이 과학적이고 옳은 일이다. 잃은 것이 많았지만, 그래서 얻은 것도 많다. 얻은 것이 많지만, 그래서 잃은 것도 많고. 그것이 또한 인생이다.

불교 공부는 늘 마음에 평안을 준다. 그 요체는 이렇다. '만물만사가 무상無常하다.' 즉, 상주常住하지 않는다. 나고 죽고 흥하고 망하는 모든 것들이 다 덧없다. 만물만사는 지금 이 모습 그대로가 아니라 어떻게든 변하다가 결국 소멸한다는 뜻이다. 어찌 보면 너무나 빤한 이 이치를 우리는 잘 받아들이지 못하는 정도가 아니라, 아예 잊고 산다. 인생의 모든 문제는 다 거기서 발생한다. 나는 그러긴 싫다. 지옥 속에서도 나는 내 길을 찾아 헤맬 것이다. 그것이 나의 용기다.

고통은 인도말로 '두카'인데, 이는 우리가 생각하는 그 고통이 아니라, '불완전함'을 의미한다. 해탈이라는 것은 고통을 없앤다기보다는 고통을 이해해버리는 데서 온다. 나는 나의 고통을 이해하고 싶다. 부처는 번뇌가 없는 신도 아니고 번뇌가 없어진 사람도 아니다. 부처는 번뇌의 질이 높아진 '사람'이다. 밤새 악몽에 시달렸는데, 돌아가신 아버지가 혼자 어딘가로 이사를 가시는 장면이 있었다. 아주 조촐한 짐들을 아주 조촐한 차에 싣고서. 나와 내 대학교 동기 하나가 이사를 도와드리다가 나는 눈을 떠서 세상으로 다시 돌아왔다.

나는 나의 외로움을 이해한다. 나는 해야 할 일들이 있다.

전화

190312

아까 성호 형이랑 전화 통화로 이런저런 얘기를 했는데. 밤새 건축도면 그리느라 잠을 겨우 두 시간인가 잤다고 하였다. 또 뭐 이런저런 별 의미 없고 제3자가 들으면 전혀 이해하지 못할 말들을 나누다가 전화를 끊었다. 성호 형도 늙었다는 생각이 유난히 올해부터 자주 든다. 하긴 나도 늙었으니까. 삶을 생각할 적마다, 죽으면 죽을 것이다, 라는 혼잣말이 약간의 위로가 된다. 조금만 더 쉬었다가, 잡일이라도 해야겠다. 글을 쓸 수 없는 상태의 시간이 고통스럽다. 불안은 영혼을 잠식한다. 무슨 일이든 해야겠다. 죽으면 죽을 것이다.

불기둥

190316

간밤 꿈에 어머니 아버지가 함께 다녀가신 것 같다. 어떤 두 가지 상징물로. 내 꿈속에. 선명하다. 지금도. 어떤 꽃나무 두 주와 어떤 동물 둘. 대화도 나누었고, 에피소드도 있었다. 낮이건 밤이건 늘 악몽이었더랬는데, 악몽이 아니었다. 이상한 힘을 가진 이상한 꿈이었다. 원래 꿈을 거의 전부라고 할 만큼 기억하지 못하는 편인데, 누가 돌에 새기고 간 것처럼 지워지질 않는다.

작은 이야기지만 큰 이야기인 것 같아,
훗날을 위해 여기 기록으로 남긴다.
나는 이 신과 같은 두 개의 불기둥을 따라 모래사막을 건너갈 것이다.

다시 시작하겠다.

문학

190322

글은 어떻게 쓰는 거냐고 내게 묻는다면,
물론 문학이란 '철학과 예술의 공학적 유기체'이긴 하지만,
근본적으로는,
'몸과 마음의 병病'으로 쓰는 것이라고 말할 수밖에는 없다.

유튜브 시대

190322

정치 칼럼까지 글이 아니라 영상으로 만들어지는 시대는, 그 많은 장점에도 불구하고 내게는 여전히 불편하다. 내가 글쟁이어서가 아니라, 문체 대신 육체를 드러내지 않으면 자신의 뜻을 타인에게 전달하기 힘들어진 이 시대가 무섭기 때문이다. 작가에게 자신의 글을 자신의 몸과 말로 대체한다는 것은, 어떤 작가에게는, 또한 모든 작가에게 어떤 의미에서는, 환한 광장에서 벌거벗고 몸을 파는 일과 비슷할 수도 있다. 한 작가의 몸은 비밀로 남겨진 채 죽어서 썩어버리고, 그의 글만이 영원한 삶을 얻는 세계가 그립다.

고백

190329

나는 인생은 슬픔이라고 생각한다.

내 슬픔이 뭐냐고?

나는 내 비천함과 비열함을 문학 말고는 고백할 방법이 없다.

나는 비천하고

비열하다.

지난해 가을부터 지금까지

190402

지난해 가을 새 시집을 출간한 뒤로, 새로운 시를 쓰기 위해서 일부러 시를 끊었더랬다. 다른 시인들의 경우는 잘 모르겠고 관심도 없다. 나의 경우가 그러하다는 소리다. 아무튼. 하나의 문학적 시기가 마감된 바에 새로운 시가 아니라면 굳이 또 시를 쓸 필요가 없기에, 새 시집을 낸 다음에는 항상 이러한 문학적 운명의 과도기, 어쩌면 결정기를 거치게 된다. 새로운 시를 씀으로 계속해서 시 창작을 하게 된다면 그것은 문학적 운명의 과도기가 될 것이요, 새로운 시를 쓸 수가 없기에 더 이상의 시 창작은 없게 된다면, 그것은 문학적 결정기가 될 터이다. 사실 뒤집어 표현해도 말은 똑같다. 새로운 시를 씀으로 계속해서 시 창작을 하게 된다면 그것이 문학적 운명의 과도기가 될 수도 있고, 새로운 시를 쓸 수가 없기에 더 이상의 시창작은 없게 된다면 그것이 문학적 결정기가 될 수도 있을 테니까. 아무튼. 그러하여 지난해 가을부터 지금까지 나는 나의 시 없이 홀로 살아왔다. 나에게 홀로 산다는 것은 사람들과 함께 안 살아간다는 것을 의미하는 게 아니라, 시를 쓰지 않고 살아간다는 것을 의미하니까.

오늘 아침 다시 작업실에 앉아 여러 가지 생각을 정리하던 중에 이제는 다시 시를 쓰기로 마음을 정하였다. 새로운 시가 나와서 다시 시를 쓰기로 마음을 정한 게 아니라, 새로운 시가 필요해서 다시 시를 쓰기로 마음을 정한 것이다. 왜 필요한가. 내게는 이 돈 한 푼도 안 되는 시가 오직 잘살아가기 위해서 필요하다. 남들에게는, 심지어 나의 절친한 벗들에게조차도 내가 일종의 광인狂人처럼 보이고 들린다는 것을 잘 안다. 다시 고백하건대 나는 늘 잘살아가기 위해서 시를 써왔다. 내가 정말 잘살았건, 정말 미쳐버렸건 간에. 지난해 가을부터 지금까지 나는 외롭고 쓸쓸하고 아팠고 비틀거렸다. 그러할 적에는 삶에 몸을 맡겨야 한다. 파도를 타고 넘실거리며 웃는 어린아이처럼. 새로운 시가 튀어나와서 다시 시를 쓰기로 마음을 정한 것이 아니라, 새로운 시가 필요해서 다시 시를 쓰기로 마음을 정한 오늘 이 아침의 이것은 내 문학적 운명의 과도기 혹은 결정기 따위가 아니라, 나라는 인간의 혁명이다. 나는 내가 미쳤다고 한들 아무 상관 없다.

어떤 권력

190403

내가 문학가로서 한마디 안 할 수 없다.

"패러디를 무서워하는 권력은 장난감총을 쥐고 호령하는 벌거벗은 임금님이다."

희망이라는 것

190404

이제 와 돌이켜보니

'희망'이라는 게 대단한 것이 아니지 않았나 싶어.

희망이란 '아직 지쳐 있지 않았던 시기'였던 것 같아.

정말 뭐 대단한 무엇이 아니고 말이야.

이미 지쳐 있는 많은 사람 속에서 나는 일어나고,

걸어 나가

다시 시작한다.

이게 나의 '희망.'

전쟁에 관하여

190404

세상에는 승리와 패배가 있기 마련이다. 승자가 패자가 되기도 하고 패자가 승자가 되기도 한다.

가장 중요한 것은, 승리 뒤의 승자의 겸손, 패배 뒤의 패자의 반성이다.

그리고 절망적인 것은, 자신의 패배를 승리로 위장하는 것과 자신의 승리를 패배로 받아들이는 것이다.

또한 가장 절망적인 것은, 자신의 패배를 승리로 착각하는 것과 자신의 승리를 패배로 만드는 것이다.

당신과 당신의 동지들은 어느 쪽인가?

거대한 산불, 재앙을 바라보며

190405

부처님의 말씀처럼,

삼계三界에 안전한 곳은 없다.

불행과 죽음이 찾아올 거라면 내가 어디에 숨어 있어도 찾아오리라.

겸손과 숙고와 명상만이 그나마 준비할 수 있는 내 안전의 전부다.

항상 불행과 죽음을 어깨 위에 종달새처럼 올려놓고 남은 날들을 살아가리라.

오히려 그것이 내 평안과 용기가 될 것이다.

언어 수칙

190405

오늘 또 하나의 결심을 한다.

'옛말에 틀린 말이 없다.'가 아니라,

'옛말에 안 무서운 말이 없다.'

'말이 씨가 된다.'는 진리.

오늘 또 하나의 결심,

나 자신에게도 늘 기도하듯 좋은 말을 해주고

내가 사랑하는 친구들에게도 늘 좋은 말을 해주며 살아갈 것이다.

말과 글이 세상을 움직인다. 혁명한다.

언어에는 그러한 힘이 있다.

언어는 종교이고, 말하고 글을 쓰는 일은 종교 행위다.

별것 아닌 일

190406

혁명가로 살 것이다.

타인의 혁명이 아니라, 오직 나의 혁명.

나는 내가 가야 할 길을 안다.

그리고

다른 모든 사람처럼

죽음을 맞이할 것이다.

별것 아닌 일처럼.

자전거 수필

190407

아침에 일을 좀 하고. 집 앞에서 순대국밥을 먹고. 토토를 산책시키기 전. 아끼는 자전거(특수 자전거)를 30분 정도 탔다. 봄이 오니 자전거 타고 놀기가 정말 좋다. 이 동네도 자전거 타기에 정말 좋은 동네고. 지난 겨울을 생각한다. 그리고 그 이전의 1년 남짓한 시간을 생각한다. 내가 나와 나의 벗들에게 지금 이 순간 하고 싶은 말은 이것이다. 간단하다.

아무리 고통스러운 겨울도 무조건 참고 견뎌 살아남으면, 나처럼 여전히 슬픈 사람도,

환하게 웃으며 자전거를 탈 수 있는 봄날의 오후가 있다.

비 오는 4월의 밤

190409

글을 쓸 적마다.

서재에 있는 아버지, 어머니의 사진 영정影幀에 촛불과 향을 올리곤 한다.

특히 이렇게 비 오는 날에는 왜인지 무심코 더욱 그런다.

나는 아무런 가족이 없다. 그나마 단 한 사람이 있었는데, 나를 떠나 버렸다.

산책만 챙겨주면 토토는 집안 어디론가 사라져 잠들어 있고.

나는 고요 속에서 이렇게 홀로 있다.

그러나 나는 아버지와 어머니가 이 작은 집에서 나와 함께 있다고 믿는다.

내가 그토록 어디서 어떻게 방황해도 아직 다치지 않고 죽지 않았던 것은 아버지와 어머니가 나를 지켜주었기 때문일 것이다.

(어머니는 매장을, 아버지는 화장火葬을 하였는데. 생전에 아버지는 자신이 죽었을 적에 화장을 하면 영혼이 완전 소멸되어 나를 못 도와준다고 걱정하였더랬다. 그것이 명리命理의 일반적 견해인 것 같은데, 나는 부정한다. 나는 아버지의 혼령이 나를 돌본다고 생각한다. 믿음이라는 것은 그런 것이다. 믿고 있으면 믿음은 믿음이 된다. 아무리 가치 있는 것도 안 믿으면 아무 소용이 없는 것처럼.)

나는 아버지의 납골묘에도, 어머니의 무덤에도 더 이상은 가지를 않는다. 나는 아버지와 어머니가 아플 적에 최선을 다 해서 간호하였다. 여한이 없고, 여력도 없다. 아버지의 납골묘는 새어머니 일가의 가족납골묘인데 그들이 잘 돌볼 것이고, 어머니의 무덤은 세월이 흐르면 더 낮은 땅속으로 사라져버릴 것이다. 아무도 원망하지 않고 눈물이 싫은 나로서는 별다른 도리가 없고, 여러모로 좋은 일이다. 더구나 어머니는 대단한 크리스천이었다. 천국에 있지 무덤 안에 갇혀 있을 리 없다.

그리고 무엇보다, 내 아버지와 내 어머니는 내 안에,

나의 살과 뼈와 피 속에 스미어 있다. 나는 외롭지 않다.

시간이 더 흘러 내가 죽으면, 그때 비로소 우리 셋은 함께 사라질 것이다.

눈을 감으면 빗소리는 내 안에서 내린다.

아버지, 어머니와 함께 나는 이 빗소리를 듣는다.

이것이 나의 이승이다.

삶의 경제

190417

당장 억만금을 버는 것보다,

나쁜 습관들을 청산하는 것이

모든 면에서

훨씬 남는 장사다.

이유와 진실 사이

190417

간혹 이런 질문을 받는다. 당신은 왜 작가가 되었느냐는.

나는 어릴 적부터 나 자신이 싫었다. 내가 나인 것이 힘들었다. 괴로웠다. 이것은 일시적인 병이 아니었다. 나는 여전히 그렇다. 만약 내가 나를 좋아하고 편하게 여기게 된다면, 그 순간부터 글 같은 건 쓰지 않을 것이다.

나는 나를 포함한 '인간'을 의심하기에 글을 쓴다. 내가 만약 인간을 믿었더라면, 정치를 하였지 문학 따윈 거들떠보지도 않았을 것이다.

나는 나를 이해할 수 없기에 나를 버릴 수 없다.

나의 『무기경武器經』

190418

전쟁선戰爭禪과 원예선園藝禪.

나는 전쟁을 해야겠다. 다시 전쟁을 시작한다.

나의 평화를 위해.

나의 남아 있는 나날 동안 내가 싫어하는 것들을 하지 않기 위해.

그러다 죽기 위해.

나와 세상을 조금이라도 '자유'에 가깝게 바꾸기 위해.

내가 싫어하는 것들은 물론이요 내가 좋아하는 것들과도

전쟁을 하겠다.

전쟁을 선禪하며, 꽃과 나무를 돌보고 키우며

다시 시작하는 이 전쟁을

두 번 다시는 멈추지 않겠다.

죽어서 완전히 사라질 때까지.

책 읽기

190418

책을 읽으면 책 읽는 것이 너무 좋아 모든 시름을 잊는다. 그러나 책 읽는 것이 좋다고 해서 아무 일도 하지 않는다면, 아무것도 남기지 않는다면, 인생은 책 읽기 뒤에 숨은 공염불과 다를 바 없다. 나는 공부하고 성찰하여야 하나, 또한 행동하고 전달하기도 하여야 한다. 책 읽는 것이 너무 좋아 그만 읽고 책장을 덮는다. 내가 죽기 전에 해야 할 일들을 잊을까 봐서. 세상 시름들을 외면할까 봐서.

블랙홀 딜리트

190420

인간의 가슴속에는 저마다 검은 구멍 하나가 있다.
몸과 영혼의 블랙홀 같은.
일을 하는 것만큼 중요한 것이
그릇된 방향과 고질병적인 습관을 고치는 것이다.
밑 빠진 그릇을 아예 새 그릇으로 갈아치우는 것이다.
삶은 그런 식으로 치유 받고
뜻은 사실이 되어 전진한다.
블랙홀 딜리트.

새로운 시

190421

시인들 저마다 다르겠지만, 나의 경우는, 새 시집을 내놓고 나서는, 새로운 시가 아니면 동어반복이고 동어반복은 곧 작품의 죽음일 뿐이라는 부담감 때문인지, 다시는 시를 쓸 수 없으리라는 생각에 오래 사로잡혀 정말로 몇 년이고 시를 못 쓰는 편이었다. 의외의 상황이 벌어진 것 같다. 내 새로운 시들은, 어둠 속에서 어둠보다 강한 어둠이 되어 빛을 회복하는 사람에 대한 이야기가 될 것이다. 슬픈 것이 아름답다는 미학의 황금률을 전복하는. 나는 굳이 슬픔을 벗어나려 하지 않을 것이다. 나는 아예 슬픔을 다른 것으로 교체해버릴 것이다. 아름다움이 슬픔의 결과가 되는 게 아니라, 슬픔과 아름다움이 '그 무엇'의 과정이 되도록 만들겠다. 슬프지 않아도 아름다울 수 있다는 것을 증명해보이겠다. 이것은 이제까지의 내 문학과 문학론에 대한 전복이다. 의외의 상황이 벌어진 것 같다. 나의 새로운 시들은 회복해서 혁명하는 한 사람의 이야기가 될 것이다.

이 저녁

190407

이제는 정말 봄이구나.

이 저녁에도 창문을 열어둔 채 음악을 듣는다.

나조차 알 수 없는 나의 글을 쓴다.

지난겨울은 혹독했으나,

우리가 무조건 삶을 견뎌야 하는 이유.

봄.

지금의 봄과 또 사라졌다가 내가 나를 포기하지 않는 한 다시 찾아올

봄.

혁명가

190504

혁명가로 살 필요는 없다. 그러나 나만이 알게끔 혁명가의 감각으로 살 필요는 있다. 인생은 죽음보다 더 의기소침하기 때문이다. 자신과 세상을 사랑할 의사가 있는 사람이라면, 감각이 내용을 구원하는 일이 의외로 많다는 사실을 깨닫고 실천해야 한다. 인생은 자기만의 연극이어서, 명작과 흥행은 내가 결정한다.

씨앗

190505

삶이 허무하다고는 하나, 그럴수록 소모적으로 살지 않아야 한다. 고갈되지 않아야 한다. 고독해야 한다. 번잡하지 않아야 한다. 준비해야 한다. 깨어 있어야 한다. 응축돼야 한다. 나는, 씨앗.

바오밥나무의 씨앗.

복음

190505

그래.

너는 지옥 같은 시절을 견뎌낸 사람이다.

앞으로도 잊지 마라.

어떠한 세상 어떠한 시간 속에서도

090506

조용하지만 응축된 변화는 분명히 있다. 이것을 알아차리는 이가 있고, 이것을 모르는 이가 있을 뿐이다. 나는 조용하고 응축된 변화를 알기에 그것을 실행하는 이로 살다가 죽을 것이다. 어떠한 세상 어떠한 시간 속에서도.

나는

190509

아무 일도 없지만 지루하지 않은 것.

나의 전쟁을 내가 치르는데 나는 고요한 것.

삶이 죽음이어도 죽음이 삶인 것.

작은 일과 큰일 앞에서 똑같이 외로울 수 있는 것.

미움이 사랑의 공부이고 환멸이 혁명의 시작인 것.

당신을 기다리는 일이 나를 기다리는 기쁨인 것.

이것

190511

사람 무서운 줄 알고 살아야 한다. '겸손'보다는 '공포'가 유용하다.

'인간과 세상에 대한 상상력, 그리고 예술과 정치의 창조력'이란 바로 '인간에 대한 공포'를 잊지 않는 데에서 나온다.

'사랑'보다는 이것이 우선이다. 아닌 것 같지만, 그렇다.

예술가

190512

안은 텅 비어 있어야 한다. 날이 시퍼렇게 서 있어야 한다.

너무 많아 아무것도 보이지 않고, 아무것도 들리지 않아 음악이 되는 이상한 사람.

그리고 외로운 것. 외로워야 좋은 것.

안이 텅 비어 있어야 한다, 블랙홀처럼.

날은 시퍼렇게 서 있어야 한다, 새벽처럼.

속삭임

190521

나는 나의 뇌腦의 주인이 되어야 한다. 하물며 타인의 노예가 될 수는 없다. 타인을 억압하거나 조종하지도 않을 것이다. 이것이 자유의 기본조건이다. 전부가 아니라, 기본조건. 평화와 평안의 그라운드. 구원은 홀로 여기서부터 출발해 광야를 지나 산을 오른다. 그 산에 신이 존재한다고 믿어서는 안 된다. 이미 자신의 가슴속에 있는 신에게 그 산의 정상에서 바라보는 세상의 풍경을 선물한다고 생각해야 한다. 물론 자기 자신에게도. 이 여행은 육신과 영혼의 여행이다. 분명히 살아 있다가 완전히 사라지는 여행. 영혼이라고 해서 영원하리라고 믿을 필요는 없다. 육신과 영혼이 더불어 만들어낸 어떤 가치 있는 것이 있다면, 그것이 꽤 오래 남을 뿐이다. 세상에 태어남이 어쩔 수 없는 운명이었으니, 살아 있을 때와 사라질 적만이라도 우리는 자유인으로서 사라져야 한다. 나는 나의 뇌의 주인이 되어야 한다. 이것이 인생의 의미를 아는 것보다 우선한다. 어색하고 괴로운 일에는 항상 이 문제가 따른다.

2

끝끝내 포기할 수 없는 한 줌의 희망

통찰이란 난해하기보다는 고통스럽다. 몰라도 사는 데 별 지장이 없는 걸 알게 되는 게 즐거운 일만은 아니기 때문이다. 세상과 인생이 비극적이거나 심지어 절망스러운 것은 일견이 아니라, 보편적인 사실일 수 있다. 그런데 소란스러움을 통해서 찾아오는 비극이나 절망은 오히려 견디기가 어렵지 않다. 조용한 가운데 밀려와 살과 뼈를 뚫으며 스며드는 비극과 절망에 우리는 무너지기 십상이다. 이 절망을 이겨내는 여러 가지 방법들 가운데 가장 좋은 것은 그 비극과 절망에 관해 글을 쓰는 것이다. 거창한 얘기를 하려는 게 아니다. 우리는 무언가를 만들어갈 때 비극과 절망에서 벗어날 수 있다. 그리고 글을 쓰는 일은 노트 한 권과 펜 하나만 있으면 할 수 있다. 글은 지옥에서 잘 써지는 법이다. 누구나 해보면 알 수 있다. 그런데 사람들은 그러지를 않는다. 희망은 쓸쓸해서 가치가 있다.

당부

161202

너 자신이 네 삶의 목적임은 자명하다.

그러나 그 삶의 목적, 즉 너 자신을 잃어버리지 않기 위한 도구 또한 너 자신임을 잊지 마라.

까마귀 백신

161211

내가 지금 피곤하다며 투덜대는 이 일이 누군가에게는 얼마나 하고 싶은 일인지 까먹지 않을 때 직업 정신은 실족하지 않는다.

내가 지금 피곤하다며 투덜대는 이 일이 과거의 내가 얼마나 하고 싶어 했던 일인지 까먹지 않을 때, 직업 정신은 그런대로 제법 봐줄 만하다.

내가 지금 피곤하다며 투덜대는 이 일이 언제든 내가 아무리 하고 싶어도 아무도 시켜주지 않는 일이 될 수 있다는 사실을 까먹지 않을 때, 직업 정신은 단 한 발자국이라도 전진한다.

기술 없는 직업 정신은 뜬구름이다. 직업 정신 없는 기술은 무엇으로든 박살 나기 쉬운 테라코타와 같다.

카스트로 명상

161127

쿠바 현지 시각 25일 오후. 야구광 피델 카스트로가 죽었다. 향년 90세. 혁명가로서는 지나치게 오래 살았으니, 혁명가였던 적은 있었으나, 혁명가로는 죽지 못한 셈이다.

성호 형은 항상 자신이 100살은 너끈히 살 거라고 말한다. 앞으로도 40년은 더 살 테니, 새로운 전공으로 대학교를 또 다녀볼까 진지하게 고민 중이라고. 내가 자기보다 먼저 죽을 거라고 확신하는 성호 형. 그렇다면 오늘부터 한 3년간 장르를 가리지 않고 마모되기 위해 제작된 기계처럼 미친 듯이 글을 쓰는 작업을 할 생각이다.

말년에 아디다스 추리닝만 입고 다닌 카스트로는 100년에서 10년 덜 살다가 죽고. 성호 형은 100세를 향해 늙어가며 매일 술 먹고 담배 피우고. 집에도 안 들어가며 이상한 소리만 늘어놓고. 그런데 사람들은 박수치고, 너무 좋아들 하고, 언제 사라질지 모르는 나는 달랑 칼 한 자루 꽉 쥐고 새로운 싸움 안으로 저벅저벅 걸어 들어간다.

뛰어갈 필요가 없다.
태풍 속에서는.

맹점 盲點

161211

세계적으로 근래 정치 평론가나 사회 평론가들의 예측이 자꾸 빗나가는 것은 날이 갈수록 세상이 복잡해지고 인간의 내면이 더욱더 아수라장이 돼서도 그렇겠지만, 사실은 근본적인 착각 때문이다.

인간은 정치적이거나 사회적인 요인에 의해 움직인다고 보이지만, 사실은 자연과학과 동물학의 영역 안에서 좌충우돌하기 마련이다. 그러면서 그러한 인간이 정치적이나 사회적으로 세상을 어지럽히는 것이다.

따라서. 평론가들의 근래 분석 오류들은, 이론이 인간보다 과도하게 앞서 나가서였다거나 미숙하였다기보다는, 분석가들이 인간의 어이없는 핵심을 망각했기 때문이다. 인간의 나이브함에 대한 오만불손인 것이다.

사실은 통찰이라는 게 별것 아니다. 너도 나도 어둠임을 외면하지 않는 것에서부터 통찰의 빛은 나온다.

개인의 종교

170107

인생이 끝없는 자의식과의 괴로운 싸움이구나. 이래서 질식당하지 않기 위해 인간은 스스로 벌레가 되어 자신을 내려놓을 신을 필요로 한다. 나는 그의 얼굴도 모르지만, 나에 대해서는 모르는 것이 전혀 없는.

결국, 나의 죄라는 신.

화엄경華嚴經

170213

89번 도그TV는 불교방송이다.

못 믿겠으면 반나절만 틀어놔 보라.

89번 도그TV는 선禪TV다.

인간이 개보다 낫다고 생각하는 어리석은 인간들은

꼭 시청하시고, 부디

성불成佛하소서.

공업

170215

인생이 무엇인지는 모르겠다.

그러나 인생을 공업工業이라고 규정짓는 것은

고요하고 강건하고 유익하다.

공업을 공업으로 여기는 것은 평범한 사실일 뿐이지만,

인생을 공업으로 여기는 것은 도道다.

도는 결정의 활용이다.

몸의 길이고 영혼의 문이다.

공업이다.

쑥쑥

170216

씨앗은 우주다.

너는 씨앗이다.

나는 씨앗이다.

쑥쑥 자라나자.

너와 나와 우주와 콩나무.

작은 기쁨

170217

나에게는 작은 기쁨이 있다.

하나의 작은 기쁨이 사라지면,

또 다른 작은 기쁨이 싹을 틔운다.

나는 작은 기쁨을 큰 기쁨으로 만드는 것이

옳지 않다는 것을 잘 알기에

작은 기쁨을 큰 기쁨으로 만들지 않는다.

그래서 너희가 나를

불행하게 못 만드는 것이다.

지배하지 못하는 것이다.

나에게는 끊이지 않는,

작은 기쁨들만이 있다.

현실적 자유의 원칙

170218

너무 많은 것을 인간과 그 사회에 기대하지 마라.

그렇지 않으면 거짓과 위선에 물들어 지친 끝에

삶의 감동을 잃게 될 것이다.

믿음

170225

타인에 대한 연민을 바탕으로 말하고 행동하는 사람을 안 믿는다. 자신의 자유를 바탕으로 말하고 행동하는 사람을 믿는다.

두고 보면 결국, 전자는 처음부터 아니었거나 변질되고 후자가 정말로 타인을 (가능한 최대한) 자신처럼 대하는 것을 잘 알 수 있다.

나의 것은

170302

내가 일한 것이 나의 것이듯
남이 준 것이 아니라 내가 내 손으로 이뤘기에
그것이 남의 손에 의해서 무너지지 않는 것처럼
내가 허송하고 내가 논 것 또한 나의 것이어서
내가 허물어버리기 전에는
내 안에 고이 간직되는 나의 온갖 힘이다.
그러니 나는 항상 남는 삶을 살았던 것이다.
내가 허송하고 논 것은
그저 허송하고 논 것이 아닌 나의 것이니
나의 삶 나의 것은
오직 나만의 것이다.

경고와 충고

170303

듣고 싶은 얘기 듣고 싶어서
점쟁이 찾아가는 식으로 살지는 말아야 한다.
우리 각자가 원하는 것은 이미
우리 각자 안에 다 들어 있다.

혁명의 수칙

170304

한정적이고 일시적이지 않은 것은 혁명이 아니다. 혁명을 이루고 나서는 혁명을 바로 버리거나 떠나야 한다. 혁명을 보관하지 마라. 세상(인간)은 지옥 같은 여름이고, 혁명은 상하기 쉬운 생선이다.

차선책의 아름다움

170308

다 가지려는 것은 분명히 망하는 길이고
아무것도 가지지 않으려는 것은 너무 어려운 길이라면
더는 가지지 않으려는 것은 이기는 길이자,
충분히 해볼 만한 싸움이다.
지혜의 길이다.

두려움

170310

두려움이 없는 사람은 추한 사람이다.

사랑하면 그 사랑 때문에 두려워할 줄 알게 된다.

사랑은 두려움을 먹고 마시며 자라난다.

사람은 두려움을 배우며 사람이 된다.

두려움은 겁쟁이의 감정이 아니다. 비열한 태도가 아니다.

두려워할 줄 아는 사람만이 진실로 용감한 사람이 된다.

두려움이 없는 사회는 역겹고 추한 사회다.

다윗

170318

구약성서에 나오는 골리앗을 물리치는 다윗의 이야기는 항상 마음을 풍요롭게 자극한다. 그 이야기 안에는 승리의 신비한 주술 같은 것이 깃들어 있다. 신과 인간의 관계에 대한 믿음과 인간의 용기를 실존이자 실증으로 체험케 하는.

우리는 자신의 골리앗 앞에 홀로 마주 설 때가 있기 때문이다.

변화의 변화

170311

동지보다는 오히려 적敵이 중요하다는 사실, 나의 적이 나를 가르치고 일으키는 존재라는 사실에는 변함이 없다. 그러나 달라진 것이 있다. 예전에는 강하고 늠름한 적만이 나의 적이었는데, 그런 적이 아니면 아예 버러지 취급도 안 하며 무시했는데, 이제는 더럽고 무식하고 찌질하고 야비하고 멍청한 적도 참 좋다. 오히려 그런 버러지만도 못한 것들이 강하고 늠름한 적들보다 더 나를 가르치고 더 일으켜 세운다.

강하고 늠름한 적들보다 나를 더 게으르지 않게 만들고 내게 더 명쾌한 힘을 준다. 그냥 변화가 아니다. 변화의 변화, 저 쓰레기들은 나의 하느님이다. 나를 절망에서 구원해준다. 기쁨이 아닌 게 없다. 하느님, 감사합니다.

꽃놀이패

170318

세상의 모든 좋은 일은 다 나쁜 일이다.
세상의 모든 나쁜 일은 다 좋은 일이다.
그래서 고달픈 이 세상은,
꽃놀이패.

철학자

170319

원래 전쟁은 철학자가 일으키는 것이다.

논쟁이 아니라, 살이 녹고 피가 튀는 그런 국가 간의 전쟁 말이다.

날 욕할 게 없다.

플라톤이 한 소리니까.

공포의 구조

170322

심보가 못된 자와 무식한 자 둘 중에 누가 죄를 더 세게 많이 저지를까. 아마도 이것은 영원한 논쟁거리일 것이다. 그렇다면 이런 질문은 어떤가. 심보가 못된 권력자와 무식한 권력자 둘 중에 누가 죄를 더 세게 많이 저지를까. 아마도 우리에게 이것은 논쟁거리가 될 수 없을 것이다. 우리의 최고 권력자들은 다 무식했기 때문이다.

배운 놈이 더 한다는 소리가 있지만, 무식하다는 것은 정말 무서운 일이고 그중 가장 무서운 일은 어설프게 유식한 것이다. 무식한 최고 권력자가 어설프게 유식한 것들에게 둘러싸여 있었으니 죄의 도가니가 들끓었던 것이다. 그리고 그것은 곧 세상의 심보가 된다.

강함

170322

몸이 약하다는 것이 나약한 것은 아니다.

강함이란 일종의 태도다.

위엄 있는 패기다.

노인

170326

장차 노인이 되면

어린이 여러분을 위한 아름다운 동화를 쓰고

또 신나는 만화영화를 만들고 싶습니다.

나의 귀염둥이 악당, 어린이 여러분.

아름다운 법칙

170327

해야 할 일을 모를 때, 우리는 방황한다.

해야 할 일을 하지 않을 때, 우리는 타락한다.

해야 할 일이 벽에 부딪혔을 때, 우리는 강해진다.

그 벽을 무너뜨리고 전진했을 때, 우리는 깨닫는다.

해야 할 일을 다 했을 때, 우리는 감사하며 침잠沈潛한다.

이제 더 해야 할 일이 무엇일까 궁리할 때,

우리는 비로소 조용히 기쁘다.

너는 고요한가

170401

말레이시아 강변의 맹그로브 숲에서는 밤마다 수만 마리의 반딧불이가 동시에 불을 켰다가 어둠 속에 잠기기를 반복한다.

속삭임

170401

어둠을 불평하지 마라.

빛이 눈을 멀게 한다.

빛이 인간을 영원한 어둠 속에 가둔다.

정색

170404

그는 불안한가 보다.

유머를 잃은 걸 보니 안 멋있다.

정색은 인간을 슬프게 한다.

먹고 마시는 것

170407

지금까지 내 경험으로는

먹고 마시는 것에 끌려다닐 때

내 영혼은 최악이었던 것 같다.

그리고 내 영혼이 시들었을 때

내 육신도 최악이었음은 물론이다.

'고요'만큼 강력한 힘은 없다.

영혼은 먹고 마시는 것에 끌려다녀선 안 되고

육신도 먹고 마시는 것에 끌려다녀선 안 된다.

모든 인생의 정해진 행로

170407

어두운 병실.

환자 침대 옆.

간이침대.

간호.

늙고 병든 부친.

인생의 행로에는 예외가 없는 것이다.

아무리 착한 사람도, 아무리 대단했던 사람도,

아무리 강했던 사람도.

(그러니, 겸손은 선택이 아니라 의무다. 그걸 안 지키면 어떤 식으로든 언제든 벌이 따르게 되어 있다.)

독백

170421

생업을 작파한 채 위독한 아버지를 병간호하면서 고통과 시련은 인생의 본체이며, 결국 누구나 다 사라져간다는 평범한 진리를 새삼 되새기고 또 되새긴다.

주기도문처럼.

들어라

170425

악령은 인간을 도와서 대성하게 만든다.
그러고는 제 말을 잘 듣게 하여 제 목적을 이루면
반드시 나락으로 떨어뜨린 뒤 지옥으로 데려간다.
그러니, 나쁜 식으로는 잘되지 마라.
너 혼자 힘으로 당당하게 소박하라.

그런 것

170423

지하철 안.

한 추레한 차림의 못생긴 아재가

문고판 칸트를 읽는 것을 보았다.

순식간에 그가 잘 생겨 보였다.

그런 것이다,

인생은.

인간과 세상

170423

병원 생활. 밤샘 병간호도 그렇고 라면을 너무 자주 먹어 몸 상태가 최악인지라 토토를 산책시킨 뒤 나만 따로 조깅을 나왔는데, 대통령 선거 후보 15인의 포스터들이 담벼락에 쭈욱 붙여진 가로수길에서 문득 멍하니 멈춰 서게 된다.

아. 내가 너무 교만했구나. 소설가랍시고 대체 인간과 세상에 대해 뭘 알고 그렇게 떠들어댔단 말인가.

저 15인을 이해할 수 없다면, 나는 인간과 세상이 어떤 것이라고 감히 말할 수 없기에, 나는 인간과 세상을 도저히 모른다.

슬픈 성선설

170424

사람들은 정말 원래 악해서 죄를 저지르는 것일까? 그것까지는 잘 모르겠지만, 무지와 세계관의 한계가 한 사람과 한 세대가 죄를 저지르게 하는 것은 맞는 거 같다.

우리가 공부해야 하고, 그래서 자꾸 변하며 발전해야 하는 까닭은 '착하지만 끔찍한 죄인'이 되지 않기 위해서인지도 모른다. 사람들은 우리 스스로가 생각하는 것과는 달리 원래는 착한지 모른다.

슬픈 성선설性善說.

진정한 목적

170427

목표를 정하고 일을 하는 것은
그 일을 성공시키기 위함이 아니라
이 허무의 망망대해 같은 인생을
방황하지 않기 위해서다.
매진한다면
실패한들
당신은 이미 삶의 목적을 이룬 사람이다.

왜

170509

어두운 방에 조용히 모로 누워 마지막을 기다리는 것만 같은 아버지를 보면, 내가 타인이 될 수 없고 타인은 내가 될 수 없다는 빤한 사실이 새삼 차갑고 딱딱한 돌멩이처럼 만져진다.

우리는 왜 타인이 될 수 있는 것처럼 말하고 행동하며 거짓 인생을 살아가는 것일까.

전투 수칙

170512

일하는 것이 공부하는 것이 되고

공부하는 것이 일하는 것이 되고

일하는 것이 단련하는 것이 되고

단련하는 것이 명상이 돼야 한다.

힘

170512

인생이 부질없다는 명약관화한 사실을 잊지 않으면서도,

몸은 항상 그 부질없음과 부질없지 않음 사이에 서 있어야 한다.

괴로움이 힘이다.

가장 어두운 이유

170604

인간은 자신이 무지하다는 사실을 알아차리기 싫어한다.

그것보다 더 큰 공포가 없기 때문이다.

환상통幻想痛

170529

우리가 다 동시대인이라고 생각하는 것은 착각이다. 우리는 그저 한동안 함께 살아 있을 뿐이다. 시대는 인간의 외부에서 모든 인간을 감싸는 게 아니라. 인간들 저마다의 내부에서 저마다 다른 모습으로 존재한다.

그래서 우리가 우리의 분란紛亂을 이해 못 하는 것이다.

실존의 묘미妙味

170529

예수는 목수였다. 나무 십자가에 못 박혀 죽었다.
어쩌면 자기가 만든 나무 십자가였는지도 모른다.

칭기즈칸의 이름은 테무진이었다.
몽골어로 대장장이라는 뜻이다.
그 대장장이가 칼을 만들어 전사들에게 쥐여주었다.
그들은 단일하였다. 전원이 기마병이었다.
전 세계를
들판에 내려오는 밤처럼 휩쓸었다.

악기와 무기

170529

자신을 악기樂器로 만드는 자에게 복이 있나니,
인간의 어둠이 그의 선율이 될 것이다.

자신을 무기武器로 만드는 자에게 복이 있나니,
어두운 길에서 그가 등불이 되어 전진할 것이다.

질문에 대한 명상

170613

사랑에 대해 질문한다는 것은 인생과 죽음에 대해 질문한다는 것이며, 신에 대해 질문하는 것은 사랑에 대해 질문하는 나를 포기하지 않는 것이다.

내 나머지 인생

170607

토토를 한강변까지 산책시킨 뒤 집에 돌아와보니 묵주를 잃어버린 것을 알았다. 때는 이미 자정이 가까운 밤.

나는 조용히 눈을 감고 나가서 묵주를 찾아볼 것인가, 아니면 그냥 잘 것인가를 고민했다. 몸은 몹시 피곤했고, 나가서 찾아봤자 그야말로 바닷가 모래사장에서 바늘 찾기일 터였다. 나는 결정했다. 당연히 실패하겠지만, 그래도 그때 그렇게 할 걸 하며 후회하는 게 죽기보다 싫어서, 손전등을 들고 밤길을 나서기로. 나는 자리에서 일어났다.

그리고, 한강변 땅바닥에서 내 묵주를 조금 전 찾아냈다. 나는 지금 흘러가는 한강 앞 나무 의자에 앉아 이 기적奇蹟을 쓰고 있다. 나는 이 밤을 기록으로 남긴다. 기쁘고 상징적이다.

이게 앞으로의 내 나머지 인생이 될 것이다.

일기장 한 권

170614

세상을 살다 보면 왜 이런 일이 하필 나한테 벌어졌나 싶은 경우가 있기 마련이다. 그것을 그냥 눈감고 넘길지 아니면 맞서 싸워야 할지 선택해야만 하는 그런 일들. 전자를 택하면 나와 내 직업군의 자존심은 훼손되지만 대신 몸은 편하고 후자를 택하면 나와 내가 속한 직업군의 자존심을 지킬 수는 있되 내 몸과 나를 둘러싼 상황들이 극도로 나빠지는 일. 많이 내려놓고 포기하고 일부러 좌절하게 되는 일. 얼마 전에는 시인 함성호 형이 내게 이러더라.

"왜 너한텐 그런 일이 자주 일어나냐?"

동감이다. 나도 원망스럽다. 속이 상한다. 피곤하다. 하지만 나는 전부 다 싸우는 쪽을 선택하며 살아왔다. 그리고 이 말만은 꼭 기록으로 남기고 싶다. 이럴 때 가장 괴롭고 힘든 것은, 싸워야 하는 대상이 아니라, 싸우는 나로 인하여 마땅히 자신들이 해야 할 일이 몇 개 더 늘어난 것을 불평하고 또 싸우는 나를 비난하는 '인생 관료주의 중독자'들이다.

인간들 대부분의 내면은 자유인이 아니라 관료주의자다. 아마 나도 그러할 것이다. 어쩔 수 없는 인간이므로. 그러나 나는 '어느 한두 가지'에 있어서만큼은 절대로 그럴 수 없다. 나는 살아 있어도 죽은 목숨으로 살기는 싫기 때문이다.

미안한 밤

170818

어려서부터 적잖이 나이 들어서까지 내가 하도 말을 안 듣고 노상 멍텅구리 제멋대로에 사고만 치고 다니니 아버지는 이런 말씀을 자주 하셨더랬다.

"이 세상에서 가장 가여운 게 부모 없는 고아다."

정작 그렇게 말씀하시는 당신은 거의 고아나 마찬가지로 자란 터였다. 어려서부터 고아였던 이들에게 미안한 마음이 드는 밤이다. 지금 내가 이런데. 대체 그들은 얼마나 슬프고 힘들었던 것일까. 내가 고아가 되었다는 것이 믿기지 않는 밤이다.

동물들에게

170819

예초기와 낫으로 강원도 선산의 어머니, 조부, 증조부, 이렇게 무덤 3기를 혼자 벌초하면서 대강 이러한 것을 일사병 초기 증세와 함께 깨달았다.

이 지구의 주인은 우리 동물들이 아니라 식물들이구나. 지옥의 악마 같은 이 식물들이구나.

베어내지 않으면 금방 머리끝 쑥쑥 하늘 끝까지 자라나 시간과 함께 모든 것을 숨겨버리고 없애버리는, 원래 있지도 않았던 것으로 만들어버리는 이 신과 같은 식물들이구나.

어떤 위대한 인간도, 어느 문명도 저것들에게 당분간 이길 순 있어도 결국엔 반드시 지고 말 것이다. 그것이 순리順理니, 나를 포함한 모든 동물들은 심지어는 과묵하기까지 한 무서운 저 식물들에게,

경배하시오.

최악의 비교

170911

잘 나가는 타인과 평범 이하의 자신을 비교하는 것이 불행의 씨앗이라는 말이 있다. 맞는 소리다. 그런데 평범 이하의 현재 자신과 잘 나가던 과거의 자신을 비교하면서 우울해하는 것은 곧바로 파멸이다.

진실과 매혹

170827

진실이 중요한 것인가. 매혹이 우선인 것인가.

인간을 해치지 않는다는 것이 진실과 매혹의 공동 하한선일까?

매혹이 없는 진실에 무슨 성과가 있을 것이며

거짓인 매혹에 무슨 가치가 있을 것인가?

진위를 개의치 않는 게 매혹의 진실이며,

진실은 매혹을 경계하여 제 본체를 사수한다.

진실은 완고하고, 매혹은 흔들린다.

궁극적으로 인간을 해치지 않는 진실과 매혹은 없다.

선택이고 대가가 따를 뿐이다.

진실과 매혹의 혼합 비율마저도.

아버지

170913

간밤 꿈에. 돌아가신 아버지를 뵈었다.

좋은 옷을 입으시고, 즐거워하셨다.

경멸과 구원

170913

때로는 경멸이 우리를 구원한다.

경멸하면 그 옆에도 가기 싫고

그것에 관한 어떤 소리조차 듣기 싫기 때문이다.

미워하지 마라.

몹시 싫어해라.

그러면 구원받을 수 있다,

상당히, 때로는.

주의사항

170915

세상을 바꾸겠다고 나서는 사람들은,

적과 싸우다가 적을 닮아가는 자신을 가장 조심해야 하는 법이다.

사람은

170920

일생 자기가 원하는 것들을 얻으려 살아가고,

또한 자기에게 불필요한 것들을 내버리며 살아간다.

한 사람이 제 일생에서 얼마나 많은 것을 얻고

얼마나 많은 것을 내다 버리는지는 잘 모르겠으나,

이것만은 확실하다.

사람은 자기가 원했지만

못 얻은 것들 때문에 불행하기보다는,

불필요함에도 내다 버리지 못한 것들 때문에

불행한 경우가 대부분이다.

불필요한 것들을 원하고,

필요한 것들을 내다 버리는 우리는.

절대 강자

170924

인간은 자신의 본래 모습보다 낮게 평가받으면서 살아가는 것이 좋다. 이 말을 이해하는 사람은 무엇과 싸워도 이길 수 있는 사람이다.

이 시기

171004

문득,

내가 젊은이도 늙은이도 아닌 이상한 존재라는 생각을 하였다.

그래서 대부분 사람이 인생 중 유독 이 시기에

교만해지거나 용기를 잃게 되는가 보다.

나는 그럴 수 없다.

벽과 달걀

171011

인생에서 자꾸 의미를 찾지 마라.

의미를 찾는 자 무의미의 벽에 부딪혀 달걀처럼 깨어지리라.

무의미하기에 오히려 끝까지 살다가 사라져야 한다.

어차피 무의미한데 의미 있을 필요가 어디 있겠나.

목숨이 붙어 있는 모든 것이 다 그렇다.

저것들은 벽인지 모르겠지만,

우리는 우리가 달걀이 아니게 할 수 있다.

만리장성

171004

생각해보면. 만리장성처럼 멍청한 방어책이 없다. 아무리 길어도 한 곳이 뚫리면 뚫리는 것이고 아무리 길어도 끝은 있으니, 그 끝을 돌아가서 치면 되니까. 실지로 몽골 군대는 그렇게 중국을 무너뜨렸다.

교만한 자들의 갇힌 사고방식은 그런 블랙코미디로 참화를 야기하는 법이다. 인생을 살아갈 적에도 만리장성을 방어책으로 건설하는 것은 아닌지 항시 자신을 되돌아볼 필요가 있다.

안위를 위해 만리장성을 쌓는 자, 조롱받아 마땅하며 가혹한 패배와 치욕스러운 죽음이 가깝도다.

(프랑스의 마지노선이라는 것도 이와 마찬가지의 바보 노릇이었다. 물론 그 바보 노릇의 스케일이 만리장성에는 소꿉놀이 수준이었지만.)

"만리장성 쌓고 살지들 말자."

곶감에 관하여

171014

인생을 맛있는 곶감들이 주르륵 꿰어진 막대라고 상상해보자. 그 곶감들을 이미 거의 다 빼 먹은 이가 있을 것이고, 아직 한두 개도 빼 먹지 않은 이가 있다고 할 적에, 나는 당신과 내가 후자이면서도 이만큼 잘 버티고 있으며 그럼에도 이룬 것들이 적잖은 자이기를 바란다.

우리에게는 아직 좋은 일들이 본격적으로 시작도 되지 아니하였으나, 웬걸 크게 나쁘지는 않다. 그리고 훗날 우리는 전자의 쓸쓸함을 목도하는 동시에 우리가 후자에 속하였기에 곶감 같은 것들의 유무와는 아무 상관 없이 멋진 인생을 살았다는 것에 감사하게 될 것이다.

리더

171017

누가 내게 사람들에게 리더leader란 무엇이냐고 물었다.

내가 대답했다.

"자기 자신에게 올바르게 실현할 기회를 주는 사람입니다."

겨울 앞에서

171021

집으로 걸어가다가 길고양이 한 마리를 보았다. 곧 집 없는 모든 것이 얼어붙어버릴 텐데, 네가 살아 있을 수 있을 때까지는 될 수 있으면 힘겹지 않게 살아남으라고 기도했다.

인간의 비밀

171022

자신의 수공업을 잃지 않는 자,

자신의 영혼을 잃지 않는 것은 물론이요,

타인의 몸과 영혼을 해치지 않으리라.

인간이라는 것의 핵심

171106

사막 종교가 세계 종교가 되었다.

이 사실 안에는

불과 신,

인간이라는 것의 핵심이 서려 있다.

리얼리즘에 근거한 지혜

171116

잃어버린 것은 버렸다고 생각하는 게 좋다.

그러나 그보다 더 좋은 것은,

원래 없었던 것이라고 생각해버리는 것이다.

왜냐.

사실이니까.

남은 내 삶

171223

나는 혼자가 아니다.

돌아가신 부모님이 내 안에 나와 함께 살아 계시다.

내가 이 세상에서 사라지기 전까지는.

아버지와 어머니가 내게 바라고 계신 대로 자유롭게 살다가

내 수명을 다 성실히 채운 뒤 사라질 것이다.

그 누구에게도 괴롭힘당하지 않겠다.

내 슬픔이 홀가분하다.

사막

180127

나는 교만하고 어리석은 자였기에

나와 내 주변의 많은 것을 사막으로 전락시켰다.

후회한들 무엇이 달라지겠는가.

나는 사막을 바라본다.

나는

180317

슬픔이 부끄럽지 않다.

슬픔은 깊은 인생이다.

지금을 위한 회상

180330

지난해 여름에 돌아가신 내 아버지 이광병 교수는 법학자이자 태권도 7단이었다. 그는 신장 투석을 받는 처지에서도 마루 소파에 앉아 TV로 격투기 중계를 즐겨보곤 하였다. 그는 늙고 병든 몸을 버리고 젊고 강한 시절의 자신이 되어 격투를 하고 싶었던 것일까? 물론 한때 그런 식으로 생각한 적이 많았다. 하지만 지금은 안다. 아버지가 격투기를 보던 게 아니라 인간이라는 격투를 명상했다는 것을. 꽃을 든 채로도 다른 사람들을 버젓이 미워하고 죽이는 사람들의 선입견과는 달리, 격투는 인간이 세상을 가장 정직하게 사랑하는 형식이다.

나는, 늙고 병든 육신으로도 세상에 대한 사랑을 끝없이 모색했던 어느 격투가의 아들이다.

심각한 말

180425

어젯밤과 오늘 새벽 사이 성호 형이 내게 남긴 심각한 말 중 하나,

"너는 자꾸 나와 너를 비교해서 네가 안 이상하다고 생각하는데, 그러면 안 돼. 너, 이상해. 많이."

가만있어도

180708

인생은 후진이 없다.
가만있어도 시간은 가고.
풍랑이 없어도 우리는 배 위에 앉아
서서히 수평선을 향해 가고 있으며
그 끝에는 죽음이라는 낭떠러지가 있다.

웃자.

비한다면

180708

번뇌와 억압에 비한다면
외로움이야말로
해맑고 상쾌한 것이다.

실체에 의한 해방

180716

그것들을 즐거움으로 대하기 때문에 괴로운 것이다.
그것들을 즐거움으로 대하지 마라.

나는

180805

이유는 말하기 싫다. 인생을 대략 80세 정도로 봤을 때, 이미 50세를 살아온 나는 내 인생이 여지없이 실패했다고 본다.

더욱이 앞으로 이것을 성공한 인생으로 역전시키고 싶은 마음도 전혀 없다. 그것은 내 수많은 죄목 앞에서 면목 없는 일이다. 음으로 허세 떠는 게 아니다. 진심이다. 다만 내게 자연自然으로 주어진 삶은 끝까지 견뎌보고 싶다. 이미 실패를 자인한 인생으로서 고통은 고통대로 감당하는 대신 더 살고 싶은 대로 살다가 죽을 것이다.

나는 명백히 실패한 인생이다. 그것을 아는 것이 내 '자유'다. 나는 죄인이지만, 자유인이다.

어느 시대

180809

증오가 조작되는 시대보다 존경이 조작되는 시대가 더 사악하다.

중요한 것

180809

위악에 기대어 살아간다는 것은 서글픈 일이다. 그러나 어느 날 이 위악이 더는 위악일 수 없게 되었다는 사실을 깨닫게 되면, 이런 혼잣말을 되뇌는 자신을 발견하게 된다.

"중요한 것만 생각하자. 중요한 것만 생각하자."

이 중요한 것 안에는 서글픔이 끼어들 겨를이 없다.

더

180810

사람들이 타인을 미워하기를 주저하지 않는 것은
그것이 타인을 사랑하는 것만큼 재밌기 때문이다.
게다가, 천만 배 더 쉽다.

혁명과 구원

180810

인간은 '하는 것'으로 혁명을 이루지만,
'안 하는 것'으로 구원받는다.

고난에 관하여

180810

인간은 평소 고난에 노출되어 있어야 근본이 강해진다.
그리고 좋은 게 얼마나 좋은 건지 알게 된다.

마음

180812

마음을 강하게 갖는 가장 좋은 방법은,

마음을 가지지 않는 것이다.

아름다운 이기심

180826

세상은 인간의 가면을 뒤집어쓴 괴물들로 가득 차 있다.

내가 내 안위 말고 감히 누구를 염려하랴.

고요한 이기심이 곧 겸손이자 자중自重이다.

네 글자

181020

문文과 불佛과 무武와 성聖.

이 네 글자,

나의 요체要諦이자 주술呪術이다.

조용히 홀로

181020

선禪이라는 것은, 어쩌면 바람직한 삶이라는 것은, 홀로 조용히 시간 때우기인지도 모른다.

그리고 폭풍의 씨앗은 그 안에 움트고 있다.

지혜로운 자

181021

전화위복轉禍爲福의 감각적 해석은,

"구원은 뜻밖의 것에서 온다."다.

그러니.

'뜻밖의 것'을 보고 아는 자가 지혜로운 자라는 뜻.

만 가지와 한 가지

181022

한 인간에게 가장 중요한 것이 무엇이냐고 묻는다면. 나는 늘 '직업윤리'라고 답하곤 하였다.

한 인간이 만 가지를 다 잘 지켜도 저것 하나를 지키지 않으면, 결코 좋은 사람조차 될 수 없지만, 만 가지가 다 모자라도 저것 하나를 잘 지키면, 최소한 나쁜 인간됨은 피하되 심지어 훌륭한 인간까지도 될 공산이 크기 때문이다. 요컨대, 직업윤리를 지키지 않거나 그것이 뭔지도 모르는 자는,

대체로 쓰레기와 악마 사이에 존재한다.

철학자

181022

철학자란 무엇인가.
전화위복을 할 수 있는 자가 철학자다.
다가온 나쁜 일로 인하여 오히려,
악습을 끊거나 안 하는 게 아니라, 아예 강을 건너가
다른 사람이 되어 강 건너편 과거의 자신을 바라보는 자.

철학자는 가장 지독한 실천가.

사랑의 발견

181113

친구에게 그야말로 기쁜 일이 일어났다. 그러나 사실 그것은 '일어난 것'이 아니라, '발견된 것'이고, 결국 늘 우리 곁에 있었던 것이 아닌가. 사랑과 노력과 책임감으로 그 일생일대의 기적을 '발견'해낸 내 친구에게 축하를 보낸다. 타인의 일이 나의 일처럼 기쁘게 다가오는 기적을 발견할 때, 우리는 인생의 절망 앞에서도 주저 없이 싸워나갈 수 있는 희망과 용기를 가지게 된다.

눈물

181114

내일 아침까지 물과 차만 마시며 금식하겠다. 길을 걸으면서도 주님과 부처님께 고요히 기도할 것이고, 오늘부터는 돌아가신 아버지 어머니와 대화를 많이 나눌 것이다.

나는 변화해야 하며, 해야 할 일들이 있고, 혼자 있어도 혼자가 아니다.

나는 원래 이런 사람이 아니라고 나 자신에게 속삭여본다.

눈물이 고인다.

나는 원래 이런 사람이 아니다.

구원

181117

구원이란 나만의 방법론으로 만들어가는 실체이자 영적 결과로써의 물질이다.

완강함에 대한 숙고

181119

우리는 자신의 완강함이 타인에게 얼마나 큰 상처를 주는지 자각하지 못한다. 그 타인 안에는 심지어 애인도 들어 있고 가족도 들어 있다. 그런데 세상과 인생은 자꾸만 우리에게 완강하지 않으면, 살아남지 못한다고 말한다. 우리는 완강함에 중독되어 있다. 정말로 우리는 완강하지 않으면, 살아남지 못하는가? 예외와 신념을 갖춘 투쟁은 진정 불가능한 것일까? 사람들은 자꾸 귀에 다가와 속삭인다. 완강하지 않으면, 너는 패배자가 될 거라고. 자신의 완강함으로 인하여 애인과 가족조차 작거나 크게 희생시킨다는 사실조차 모르는 우리에게 말이다.

때로는 방법이 본질을 규정하고 구원한다. 무엇이 완강함을 극복한 진정한 강함이고 무엇이 완강함에 갇힌 사악한 어리석음인지는 잘 모르겠으나 지금 이것만은 잘 알겠다. 우리는 자신을 생각할 적에 기쁨만큼이나 '괴로움'이 있어야 한다. 그것이 올바른 삶의 길이고 아름다운 인간이다. 주여, 우리로 하여금 스스로의 완강함을 생각할 수 있는 시간을 허락하시고 기도 속에서 괴로움을 잊지 않게 하소서. 아멘.

열쇠

181119

인생의 성공과 패배를 결정하는 것은 인생계획의 성공이나 실패가 아니다. 어처구니없는 일들을 스스로 어떻게 맞이하는가다.

질문과 대답

181120

내 이 삶이 언제 어떻게 끝날지는 모르겠다.
다만 반드시 다가올 죽음 앞에서
오늘 아침도 마음을 다시금 정리한다.
하루하루 연명한다는 입장으로
살아 있을 때까지는 살아 있어 보겠다는 것.
그 안에서 무슨 일이 일어난다면,
그것은 내가 무언가를 하다가 일어난 일일 것이다.

눈을 감아본다.
내가 내게 묻는다.
"너는 고독할 수 있겠는가."
내가 내게 대답한다.
"있다. 나는 고독할 수 있다."
그럼 되었다.

나는 무언가 가치 있는 것을 내게 해줄 수 있는 사람이다.

나의 지옥

181121

결국에는 즐거운 것이 강한 것이다.

이 즐거움은 타협이 아니다.

이 즐거움은 나와 비슷하게 생긴 요괴들을 물리치며

사막을 횡단한다.

인간은 지옥에서 살아야 타락하지 않는다.

천국은 부정직하고 불결한 인간의 핵심이다.

사랑도 혁명도 지옥에서 해야 제 맛과 향기가 난다.

신앙이란 외로울 적마다 내가 눈을 감고

내 안의 어둠 속으로 고요히 잠기는 일.

무너지지 않고 전진하는 나의 전쟁,

즐거운 지옥.

뜻

181202

공부란, 허깨비를 좋아하며 살아가지 않기 위한 투쟁이다.

고독

181205

고독하다는 것이 나쁜 것만은 아니다.
고독을 나의 전부로 받아들일 때,
고독은 고요한 힘이 된다.

보이지 않는 사람이 된다는 것은 멋진 일이다.
즐거운 일이다.

사랑할 시간

181209

어제 친구들과의 술자리에서, 우리가 20대에 함께 알던 한 여자친구가 이미 20년 전쯤에 세상을 등졌다는 말을 듣고는 여태 우울이 안개처럼 몽롱하다. 루게릭병이었다고 한다. 시집을 자주 사서 보고 나와 문학 얘기도 한참 했던 것 같은데, 아니나 다를까, "걔 이대 국문과였어."라며 누가 내 기억을 되살려주었다. 마음이 여리고 감수성이 풍부한 아가씨였다. 한 번은 술을 많이 마시고 음주운전하려는 것을 내가 차 열쇠를 빼앗았는데, 어두운 새벽에 내 집으로 차 열쇠를 찾으러 왔을 때의 그 눈동자가 선하다. 인간이 나약하고 인생은 허망하다는 생각이 새삼스럽다. 그 아이, 이제는 몸은 흙이나 먼지가 되고 영혼은 바람처럼 어디론가 흩어져버린 지 오래겠지. 나도 그리고 우리들도 시기의 차이가 있을 뿐 언젠가는 반드시 단 한 명의 예외 없이 그렇게 될 것이다. 세상에 대단한 일이 없다. 사랑할 시간이 많지 않다.

올바른 방법

181212

나의 방황은 의미가 있는 것이었다.

나의 미래가 의미 있는 것처럼.

그러나 과거는 이미 없다.

저 미래도 곧 그렇게 될 것이다.

이 빤한 원리를 잊지 않아야,

삶이 늪과 덫으로부터 자유로워질 것이다.

아무것도 후회하지 마라.

후회하는 미래를 가지고 싶지 않다면.

군사 전략가

181217

진정한 군사 전략가는 전쟁만을 생각하지 않는다. 전쟁을 작게든 크게든 일으키며 크게든 작게든 (국제)정치적 상황을 자국(자신)에게 유리하도록 조정하는 것이다.

그리고 천재 군사 전략가는 더 나아가 전쟁을 통해 역사를 조정한다.

죽는 그 순간까지 적을 얕보지 마라.

적이 누군지조차 모른다면, 더 이상 할 말 없고.

약하게 보는 자에게

181226

이 세상에서 가장 무서운 것이 약해 보이는 자의 기습이다.

그는 약해 보이는 자이지, 약한 자가 아니다.

그는 골리앗의 잘린 머리를 높이 들고 포효한다.

새삼스럽게 슬픈 깨달음

181218

할 일은 태산인데

번뇌만이 멍하고 잠조차 오질 않는다.

누운 채로 뒤척이며 나를 되찾아 보려 하나

끝끝내 포기할 수 없는 한 줌의 희망

나는 어디에도 없는 내가 피곤할 뿐.

한 인간이 제 인생에서 의미 있게 보내는 시간이

얼마 되지 않음을 문득 깨닫는다.

질문

181222

속물로 살지 않는 것이 더 어려운 일일까?

자유인으로 사는 것이 더 어려운 일일까?

이 두 가지 질문 사이의 거리는 얼마나 먼 것일까?

이 두 가지 질문은 결국 하나의 질문인 것일까?

역사와 권력

181226

역사는 권력자가 만드는 게 아니다.

역사는 '언어'를 만드는 자가 만들어가는 것이다.

그것이 진짜 권력이다.

메리 크리스마스이브

181224

올해 5월 2일. 이곳으로 이사를 와서. 이제야 외적, 내적 정리가 끝난 것을 느낀다. 지옥 같은 것이 아니라 지옥이었으나, 죽지 않고 살아남았으니 다행스럽고 감사한 일이다. 삶이란 원래 지옥이니 불만을 가질 이유도 없고.

아무것도 늦은 것은 없다. 나의 지난 모든 방황도 내 안에 보석과 무기가 되어 스미어 있다. 불안은 불만보다 저능한 환각에 불과하다.

다시 시작하자.

나는 환각에 취하지 않을 것이다. 세상을 똑바로 보고, 거기에 나의 새로운 리얼리티를 건설할 것이다. 나는 예술가가 아니다. 나는 노동자이자 군인이다. 머리에 뿔이 돋은 수도승이다. 나는 문인文人이고, 나는 무인武人이다.

나는 예술가다.

다시 시작할 것이다.

작은 불꽃

181227

서재에 있는 돌화로.

마음이 추우면 작은 나뭇조각을 태운다.

재와 같은 인생을 생각하면서.

그러나 불꽃은. 아무리 작은 불꽃이라고 해도

살아 있는 동안 끊임없이 움직인다.

불꽃에는 그 흔들림이 움직임이다.

우리의 인생도 그러하다.

사랑과 인간

181228

누군가를 위해 살아야지. 그렇지 못하니 삶이 자꾸 슬럼프에 빠진다. 인간이 이기적이라는 말 거짓말이다. 인간은 자신을 위해 누군가를 자신보다 더 사랑해야 하는, 가슴 아프고 불안하지만 아름다운 존재다.

거짓말이 아닌 소망

181228

지난번 '독자와의 만남' 때,

어떤 질문에 대하여 이런 답변을 했더랬다.

"무의미를 무의미하게 만들어야 합니다.

살아 있는 동안은 무조건 살아 있는 것입니다."

물론 거짓말을 한 것은 아니었다.

그러나 사람이란 자신도 하기 힘든 일에 대하여

당위성을 내세울 때가 있는 법이다.

그러한 사람들 가운데 작가는 더욱더 그렇다.

뭔가를 쓰고 말하는 게 직업이니까.

게다가 나는 그날 그 자리에서,

'무의미를 무의미하게 만들며

살아 있는 동안은 무조건 살아 있는 것'이

안 힘들다는 말을 한 적이 없다.

나는 지금 힘들다.

그러나 나의 독자들에게 했던 말을 스스로 지키고 싶다.

중절모와 마음

181230

돌아가신 아버지의 중절모들을
내가 좋아하는 어느 형님에게 드렸는데
마음에 들어 하셔서
내 마음이 정말 좋다.

아버지가 형님을 지켜주실 거라고 말씀드렸다.

(어차피 나는 중절모가 전혀 어울리지 않을뿐더러, 식구라고는, 친척이라고는 아무도 없는 독신獨身에 천애 고아天涯孤兒이기에 그런 물건들을 가지고 있는 것이 늘 마음에 걸린다. 내가 홀연 죽고 나면 그런 것들이 덩그러니 남아서 이 세상에서 천하게 떠돌다가 버려질까 봐서. 내가 죽기 전에 가지고 있는 것들 가운데 좋은 것들은 다 그런 식으로 의미 있게 처분하고 죽을 것이다. 내 책들과 음반들도 그렇게 할 것이다.)

(후일 지금의 토토가 예전의 토토처럼 무지개다리를 건너가게 되면, 개마저도 더는 키우지 않을 것이다. 남은 인생 스스로를 승려 내지는 괴승怪僧이라고 생각하고 마음 편히 살다가 죽겠다.)

(결국 이 모두가 '마음' 이야기인 셈이구나.)

죽음이 살아 있는 이에게 주는 것

190224

모든 인간이 반드시 죽는다는 사실은 너무나 무서운 일이어서, 우리는 마치 영원히 살 것처럼 착각하거나 거짓 행세를 하고 살아가지만.

문득 생각해보면. 모든 인간이 반드시 죽는다는 사실만큼 마음이 편해지는 사실도 없는 것 같다.

하니 애써 공평한 세상을 만들려고 하지 마라. 공평하지 않은 세상 앞에서 속상해하지도 마라. 우리는 모두 이미 죽음 앞에서 공평하니까.

죽음이 곧 종교다.

밤

190227

지친 늦은 오후
깜빡 잠들었다가, 깨니
밤.
언젠간,
죽음도 이런 식이리라.

정치

190226

모든 인간은 물론 정치적 인간이고,
심지어는 조지 오웰의 탁견처럼
'무정견 자체도 정치적 행위'이기는 하지만,
정치에의 함몰은 우리를 쪼잔하게 만든다.
늘 경계할 일이다.
다방면에서 입체적인 역사 공부가 없는 정치적 관심은
질병이 되기 쉽다.

지혜

190313

삶의 절정과 정상頂上에 있다가 추락하는 인간들의 이야기, 그 소음으로 세상은 가득하다. 그 인간들은 그것이 진정한 삶의 절정과 정상이 아니라는 것을 몰랐던 것이다. 지혜로운 자는, 애초에, 삶의 절정과 정상을 만들지 않는다.

자신 안의 '고요'가, 삶의 진정한 절정과 정상이기 때문이다.

현실과 상징

190316

인간은 현실을 살아가지만, 상징들 속을 살아가기도 한다.

이 사실을 아는 자가,

이 사실을 모르는 자를 지배한다.

세례

190310

샤워기로 내가 내게 세례를 주었다.

죄 많은 육신에서 샴푸와 바디워시의 향기가 난다.

하루에 한 번 정도 내가 나에게 주는 침례.

(본시 세례는 세례요한이 요단강에서 사람들에게 행했던 침례가 그 연원이다. 세례요한은 예수님에게도 세례했다. 그게 침례교의 시작이다. 따라서, 샤워할 적마다 내가 내게 세례를 준다고 하는 내 이 농담은 농담인 듯 아주 농담은 아니다. 나는 이단이 아니고, 내 샤워는 내 기도다.)

집에 생수가 다 떨어졌다.

일단 나가서. 생수를 몇 병 사와야 한다. 물은 생명이니. 내 집엔 생명이 필요하다. 그리고 토토를 산책시키겠다. 나는 일찍이 토토처럼 자유를 갈망하는 영혼을 목격하지 못하였으니, 하루에 한 번 밖에 나가

달리지 않으면 개울상에 그저 보는 것만으로도 내게 압박을 준다.

산책을 시킨 뒤에는 토토에게 침례를 행하겠다.

영혼은 나만 더러워지는 것이 아니다. 토토도 마찬가지다. 물론 저 아이들이 세상 그 어떤 고귀한 인간들보다도 덜 더럽지만.

침례는 토토가 가장 싫어하는 일 중 하나다. 어쩌면 불타는 물의 지옥처럼 느낄지도 모르지. 그러나 잘 씻기고 잘 말려주면, 노곤한지 반나절은 서재나 옷방 구석 어디론가 들어가 새근새근 푹 잔다.

그런 것이다. 올바른 종교라는 것은.

구원

190324

인생이 사소한 일에 무너지지 않는지는 모르겠으나,

사소한 일이 그 무너짐의 시작이 되기는 한다.

이 말은,

사소한 반성과 그 변화에 의해

우리는 각자의 인생을 구원할 수도 있다는 뜻이 된다.

일에 관한 진실

190309

인생의 좋은 전략은. 삶을 일종의 선 넘기와 계단 오르기로 삼고 그것을 실천하는 데 있다. 이 두 가지의 특징은 다음 단계로 넘어간다는 것에 있으며 그러기 위해선 지금 내가 해야 할 일과 앞으로 해야 할 일을, 자기가 원하는 일과 그 방향을 정확히 알아야 한다. 이렇게 되면, 많은 일을 안 하는 것처럼 보일 수도 있는 상황에서도 항상 발전하는 성과를 쌓게 된다. 아니 언제 그 많은 일을 다 했어? 이런 말을 듣는 사람은 대부분 그런 사람이다. 숙달된 기술은 타인이 보기에는 요술처럼 보이는 법이다.

멍청한 사람은 좁은 공간에 갇혀, 죽을 듯이 열심히 일한다. 그러나 그런 사람이 정말 일을 하는 것인지 일에 관한 몽유병에 걸려 있는 것인지는 두고 볼 일이다. 그렇게 사는 사람은 '사실상' 게으른 사람이다.

이것은 일에 대한 이야기가 아니라, 일에 대한 이야기를 통한 인생에 대한 이야기다.

이유

190317

사람이란 신이 아닌 이상 인생의 어느 시기에든 우울하고 슬프고 방황하고 부진하고 낙오되고 추락하고 고독하고 아플 때가 있는 법이다. 그때에도 떠나지 않고 지켜주는 것이 사랑이다. 힘들 때 옆에 있어준 친구가 진짜 친구다.

모두가 손가락질할 적에도, 단 한 사람만 편을 들어주면, 그는 무너지지 않을 수 있다. 전쟁할 수 있다.

우리는 행복할 때 진짜 사랑과 우정을 만나기 어렵다. 삶의 아이러니고, 이것이 우리가 불행을 경험하고 이겨내 볼 만한 이유다.

전쟁에 관한 충고

190325

전쟁의 고수高手는
항상,
'다윗과 골리앗 패턴'을 잘 이용하는 자다.
이 말의 뜻을 잘 모른다면,
앞으로 살아가면서 절대로 전쟁을 벌이지 마라.
그게 삶이 적잖이 무료하고 좀 찌질할지언정
슬픔과 고통을 멀리할 수 있는 첩경일 테니.

직분과 오명

190327

자기 직업에서 저렇게 오명을 남기면 안 되는 거다. 그것도 공식적인 기록에서. 인간은 실수나 잘못을 저지를 수 있다. 그러나 될 수 있으면, 자기 직분 안에서는 그것을 최소화하는 것이 바람직하다. 그렇지 않을 경우,

너무나 많은 사람에게 영원히 저주받을 수 있다.

빈티지 취향

190318

빈티지에 대한 취향은 삶에 관련된 모든 물건에는 물론이요, 삶 자체에까지 적용되는 것이 좋다. 상처와 흠집을 좌절과 핸디캡으로 받아들이는 것보다는 능력과 매력으로 받아들이는 쪽이 훨씬 지혜롭고 멋있기 때문이다. 어떤 삶도 어떤 물건도 상처가 나고 흠집이 생긴다. 낡고 바래진다. 구멍이 나고 꿰맨 바늘 자국이 남는다. 이것을 미학으로 수용하는 태도는 강자의 태도다. 강자의 유머다. 강자의 패션이자, 자기 합리화가 아닌 실제로 아름다운 전투력이다.

사람은 예민함만큼이나 둔감력이 필요하다. 둔감력이 부족한 예민함은 예리함으로 승화되지 못한다. 그 누구도, 그 어떤 물건도, 죽거나 불태

워지기 전에 상처와 흠집을 피해갈 수는 없다. 삶과 그 삶에 관련된 모든 물건에 대한 빈티지 취향은, '가장 아름다운 것이 사실은 가장 튼튼하다. 아닌 것 같지만, 막상 만들어놓거나 대면해보면 그렇다.'라는 '나의 미학적 모토'가 참이자 그 역도 참임을 증명해줄 뿐만이 아니라, 상처와 흠집이 우리를 강하게 함과 동시에 아름답게 한다는 이론의 요술 같은 실현이다. 나는 낡은 나 자신과 낡은 당신의 모든 것을 사랑한다.

식물학교

190330

여러 분재, 화초 들을 키운다.

나의 원예선園藝禪.

꽃과 나무들을 키우면서 배우는 것들이 참 많다.

나중에 책을 한 권 써야 할 정도로.

그중 생명의 경이를 일깨우는 두 가지는,

화분 구석에서 전혀 예상 밖의 작은 씨앗이 자라나 꽃을 피우는 것과

다 죽어가던 식물도 끈기 있게 물과 햇빛을 주고

매일매일 기도하듯 오래 기다려주니 되살아나는 것이다.

죽은 나무는 죽은 나무가 아니었던 것이다.

인간과 인생도 이러하다.

3

슬프거든 슬퍼하라. 가벼워질 테니

같은 물건도 어떻게 쓰이느냐에 따라서 그 가치가 달라지는 것처럼, 우울과 냉소가 늘 나쁜 것만은 아니다. 우울과 냉소는 어느 순간 매력이 되고 관찰이 되고 통찰이 되고 표현이 된다. 노상 밝기만 한 인간에게서 우리는 질병을 발견한다. 시를 쓰다 보면, '이것은 버림받은 한 인간의 비극처럼 잘 씌어진 시다.'라는 생각이 들 때가 있다. '좋은 시'라는 것은 '기쁜 시'라기보다는 '슬픈 시'고, 좋은 '기쁜 시'라면 그 기쁨 안에는 슬픔이 도사리고 있다는 게 내 미학적 믿음이다. 세상에서 안 좋은 것이 미학에서 안 좋은 것만은 아니다. 우리가 아름답다고 생각하는 것들은 사실 대부분 슬픈 것들이다. 당신이 어떤 음악을 듣고, 아, 이 음악은 참 아름답다고 느낄 때의 그 감정을 찬찬히 들여다보라. 당신은 필경 슬픈 음악을 듣고 있을 것이다. 그 슬픔이 바로 아름다움이다. 슬픔은 기쁨보다 원초적인 감정일 뿐만이 아니라, 세상 모든 감정의 원초적인 감정이다. 우리는 태어날 때 운다. 우리는 슬퍼도 울지만 정말 기쁠 적에 웃지 않고 운다. 표정으로는 웃고 있으면서도 눈물을 흘린다. 미학적 발견에는 대가가 따른다. 노상 밝기만 한 인간에게서 우리는 환멸을 발견한다.

그렇구나

161128

TV 뉴스나 신문을 보면 종종 이런 생각이 든다.

아니. 저렇게 돈 많은 사람이 왜 저러고 사나?

어쩌다 저렇게 됐나? 저렇게 수백억을 가진 사람이?

다 가지고 싶어서였겠지.

그렇구나. 더 가지고 싶은 것도 아니고,

다 가지고 싶어서.

악몽과 슬픔

170219

밤과 새벽 사이 내내 꿈을 꾸었다. 내 나이 30대 중반에 갑자기 세상을 떠난 솔이와 어디선가 나란히 앉아 대화를 나누었다. 나는 내가 참 이상한 사람이라며 걱정하고 있었다. 솔이가 그 길고 검은 머리를 쓸어 넘기며 말했다.

"괜찮아요. 나도 이상한 사람인데 뭐."

그 말은 맞는 말이었다. 갑자기 사라져버리는 사람은 이상한 사람이다. 그리고 참을성 없는 토토가 집으로 먼저 가겠다고 해서 가버렸는데 생각해보니. 집 문이 잠겨 있는 거였다. 나는 녀석이 또 유기견이 돼버릴 거라고 믿었다. 나는 허겁지겁 거리에서 토토를 목이 터져라 부르며 찾아 헤맸다.

깨어나니. 몸은 무겁고 새로운 날이 밝아 있었다. 나는 내 머리맡에서 자는 토토부터 만져보았다. 안도라기보다는, 현실에서도 모자라 꿈에서까지 괴로워하는 인생이, 쓸쓸했다.

선량함에 대한 결론

170308

가만 보면,
모든 개가 다 전적으로 착한 것은 아니다.

그러나,
모든 개가 어떤 인간들보다도 무조건 더 착한 것은 맞다.

절대로

170318

그 사람이 어떠한지는 아직도 정확히 모르겠으나, 그 사람 옆에 있는 자들이 어떠한지는 너무나 잘 알기에, 나는 그 사람을 절대로 지지할 수 없다. 절대로.

동굴 속에서

170401

절망 속에서 하느님이 보이지 않는가?

그렇다면 정말로 좋은 방법이 있다.

하느님이 너를 보고 계신다고 믿어라.

어때? 이젠 안 외롭지?

하느님은 사실 너만큼 수줍음이 많으신 거다.

이해받고 싶은 놈이

먼저 이해해야 하는 법이다.

불안

170402

나는 우리나라 대통령이 고릴라였음 좋겠다.

좌파 고릴라 우파 고릴라 뭐 그런 건 없을 테니까.

바나나당 고릴라 대선 후보를 찍고 싶다.

근데. 고릴라도 좌파 우파가 있을 것만 같은

이 서늘한 불안은 뭐지?

작은 의자

170409

20대 중반의 몇 년간 암 환자 어머니 병간호 이후,
부친이 산소호흡기를 끼고 누워 있는 중환자 대기실
응급침대 옆 작은 의자에 홀로 멍하니 앉아 있다.
인생이라는 것의 실상과 핵심을 본다.
그 자체로 블랙홀처럼 어둡고 무거운.

웅웅거리며 다 빨아들인다. 아무 메시지도 없이.

무능

170409

부도덕이 무능을 부르는 일에 비해
무능이 부도덕을 부르는 일이 많다.
아닌 것 같지만 가만 보면, 그렇다.
부도덕을 옹호하려는 것이 아니다.
무능이 무능일 뿐은 아니라는 것임.

운명

170415

병실에서 통증에 신음하는 아버지로부터 먹고 죽을 수 있는 약이 있으면 구해달라는 얘길 들었다.

내 나이 스물일곱 살에 암 병동에서 나는 어머니로부터도 이와 비슷한 얘길 들은 적이 있었다.

한 사람의 인생이 이러기도 쉽지는 않을 듯싶었다.

나 말이다.

복합 진실

170505

어린이날은 떼쟁이 어린이 여러분들의 날이 아니어요.
어린이날은 노인의 날이자 혁명의 날.
카를 마르크스 할아버지 생일이거든요.

어린이날 어린이 여러분께

170505

빨리 가지 마라.

대단한 인생 없고

대단한 인간 없다.

빨리 갈 것 없다.

죽음밖에는 기다리는 게

없거든.

깔깔깔

170519

어느 가정주부가 제 고딩 아들의 책장에서 『국가의 사생활』을 발견하고 내용이 궁금해 읽다가 화들짝 기겁하고는, 이토록 끔찍하고 사악하며 반사회적이고 백해무익한 책은 판매 금지를 해야 한다며 분개하는 글을 정말이지 우연히 보았다. 이런 쓰레기를 책이랍시고 애들이 읽어서 되겠냐는.

나는 너무나 즐거워, 토토와 함께 한참을 깔깔거렸다.

살다 보면 나쁜 날만 있는 게 아니다.

진심.

부러움과 부끄러움

170520

장인匠人과 예인藝人들에 대한 일본인들의 존경과 예우는
매번 느끼는 바이지만, 옷깃을 여미게 만든다.

일본 문명을 이토록 우습게 아는 나라는
전 세계에서 남한과 북한밖에 없다.

내 묘비명墓碑銘

170530

개 같은 세상에서 개처럼 살면서
인간을 가장 미워하고 개를 가장 사랑했지만
노래를 잃지는 않았던 사람.

잠시 이 별에 있다가
완전히 사라졌으니,
개 같은 걱정일랑 하지들 마라.

다시는 만날 일 없다.

절망 이하

170601

정치인들이 인간 이하인 나라는 그래도 희망이 있다. 그러나 정치인의 지지자들이 인간 이하의 짓들을 서슴지 않고 저지르면서도 그게 잘난 줄 아는 나라는 절망 이하다.

그들이 누구의 지지자들이건 간에.

상처

170618

이것도 직업병이다. 나는 지나치게 안정적이거나 빈틈없이 차가운 사람을 보면, 도대체 어떤 상처를 받았었기에 저런 원칙 속에 자신을 가두었을까 하는 것을 궁금해한다.

사람은 참 변하지 않는다고들 하지만, 사람은 자신을 보호하기 위해 별짓을 다 하는 존재니까. 이러한 성향은 욕심이나 욕망을 뛰어넘는 것이니까.

이런 얘길 적어놓는 이것, 어쩔 수 없는 직업병이다. 남들은 내가 얼마나 불편할까.

전혀 이해할 수 없다는 표정

170620

1914년 6월 28일 일요일. 제1차 세계대전의 도화선에 불을 붙인, 사라예보에서의 오스트리아 제국 황태자 부부 권총 암살 사건의 범인이었던 그 열아홉 살 세르비아 청년 가브릴로 프린치프는 미성년자라는 이유로 사형 선고는 모면한 채 감옥에 갇혀 있다가 1918년 봄 지병이던 폐병으로 죽었는데(제1차 세계대전은 1914년 7월 28일 오스트리아가 세르비아에 대한 선전 포고를 하면서 시작되었으며, 1918년 11월 11일 독일의 항복으로 끝났다.), 죽는 그 순간까지도 자기가 한 짓이 대체 뭣 때문에 그렇게 당시까지의 사상 최악, 최대의 전쟁을 일으키게 된 건지 전혀 이해할 수 없다는 표정을 지었다고 한다.

그런 거다. 역사라는 게.

비밀

170702

지금은 병이 위중하신 내 부친께서. 취기가 좀 오르시면 늘 입버릇처럼 내리시곤 하던 '인생 지침' 세 가지.

첫째, 보증을 서지 마라.

둘째, 몸에 문신을 새기지 마라.

셋째, 의형제를 맺지 마라.

나는 이 안에 인간과 사회의 비밀이 다 들어 있다고 믿는다.

지나간 부고訃告

170716

지난 7월 4일 오후 3시 22분경.

아버님께서 세상을 떠나셨습니다.

저는 다시금 제자리로 돌아왔으나,

더 이상은 이전의 세상과 제가 아님을 압니다.

사망 신고

170718

아버지의 사망 신고에 법적 문제가 좀 있어서 강원도 철원 군청으로 가고 있다. 한 인간이 이 세계에서 소멸하는 게 우리가 생각하는 것만큼 그리 쉽지는 않은가 보다. 어쩌면 잊고 잊히는 게 더 어려운지도 모르지. 우리는 우리가 지나치게 잘 잊고 잘 잊히는 존재들이라고 치부하곤 하지만, 그건 폄하이거나 오만일 수도 있다.

우리는 삶이건 죽음이건 제대로 아는 게 없다.

돌림병

170823

자기가 데이비드 보위쯤 된다고 착각하는 동네 양아치들이 백범 白凡 김구 선생 행세를 너무 많이 한다.

비교는 나쁘지만

170829

그렇게 돈이 많으면서 감옥에서 사는 것들보다 더 한심한 것들이, 그렇게 공부 많이 했다면서 입에 개소리를 달고 다니는 것들이다.

그때와 그 시절에 대한 착각

171025

사람들이 왜 자꾸
그때가 그립다느니, 그 시절이 좋았다느니, 그러는지 아는가?
그건, 그때와 그 시절도 어렵고
지금과 이 시대도 어렵기 때문이다.
그러니 지나간 게 더 낫지.

특징

171027

무식한 자들의 전형적인 특징은

진실과 진리를 말해주면

화를 낸다는 것이다.

어떤 식으로

171103

시체를 보았을 때, 코를 막고 인상을 찌푸리는 자가 있다.

그리고 죽음이라는 것을 보고 자신도 죽음을 피해갈 수 없는

운명이라는 진리를 깨닫는 자도 있다.

자, 당신은 전자인가, 후자인가?

우리는 어떤 식으로 살아가는가.

어두운 진정성

171103

아버지 어머니 두 분이 다 별세하신 뒤로 내게 자식이 없다는 사실을 문득문득 의식하는 나 자신을 발견할 적마다 깜짝깜짝 놀라곤 한다.

하지만 그러다가도 결국은, 에이, 나 같은 거 하나 더 없는 게 세상 은총이고 인간 공덕이지, 그러게 된다.

나는 나처럼 모순과 실수로 가득 찬 괴물이 끔찍한 것이다.

늦가을

171106

스치는 바람이 내 귓가에 속삭였다.
몰랐어? 가을이야,

이별과 정신병의 계절.

폭력에 관한 진실

171108

이 세상에서 가장 무서운 폭력은,

어리석음을 정의로움으로 착각하는 폭력이다.

문과 열쇠

171113

집 열쇠는 집 밖에 있을 때 살아 있는 것이다.

열쇠를 문 안에 두고 돌아다니면서

문에 대해 논하는 자들이 있다.

인간의 계급

171128

인간의 계급은 돈이나 학벌로 정해지는 것이 아니라고 믿는다. 인간의 계급은 그의 언어와 행동으로 정해지는 것이라고 믿기 때문이다.

하지만 인간의 계급은 돈이나 학벌로 정해지는 것이라고 믿으면서 사는 편이 인간의 계급은 그의 언어와 행동으로 정해지는 것이라고 믿는 편보다 인간으로부터 상처를 훨씬 덜 받는다.

들통

171203

질이 안 좋은 놈들은

아무리 머리가 뛰어나도

결국 왕창 들통이 나게 되어 있다.

왜냐.

이기적이기 때문에

자기가 쓰고 싶을 때만 머리를 쓰거든.

고로 질이 안 좋은 놈들은 결국 다

지극히 멍청한 법이다.

혁명가에게

171221

세상을 천국으로 만들고 싶으냐?

인간들 하나하나가 일일이 다 지옥이다.

크리스마스이브

171224

문득 궁금한 것이 하나 있다.

가령 이런 날,

특별한 가족이나 애인이 없는 사람들은

그런 사람들끼리 만날만 한데도,

기어코 집에 혼자 틀어박혀 있다.

기괴하다.

숨겨진 요점

180321

자유민주주의의 산물이 자본주의가 아니라, 자본주의의 산물이 자유민주주의이다.

카를 마르크스가 자신의 이론에서 논하지 않거나 해결하지 못한 것들 가운데 가장 대표적인 것은, '혁명에 성공한 공산주의의 경제체제는 이후 정치와 그 권력 구조로 무엇을 선택해야 하는가?'다.

속으로

150225

벤치에 앉아 있는데

웬 백발 할머니께서 다가오셔서는,

교회 나와 예수 믿고 구원받으라며 전도하고 가셨다.

나는 속으로 할머니께 이렇게 말씀드렸다.

'아이고, 할머니. 저 모르시겠어요? 저 사탄이에요.'

나에게, 그리고 친구에게

180328

미워하지 마라.

미워하면,

그 미운 자가,

너의 곁에 있게 된다.

내 웃는 얼굴

180328

삶이 비극 같기도 하고 코미디 같기도 하다.

그러나 분명한 것은 내가

슬픈 코미디언이라는 사실이다.

내 웃는 얼굴은 눈물이 마른 자국이다.

고질적 데자뷔

180330

내가 좀 착하게 살려고 하면,

세상이 꼭 지옥이 된다.

진실

180331

안 해보면 좋은 것들이

세상에는 정말 많다.

왜 그렇게

180410

세상을 살다 보면,

역사에 등장하려고 기를 쓰는 인간들을 보게 된다.

왜 그렇게 지옥에 살고 싶어 안달인지 정말로 묻고 싶다.

의외의 구원

180518

세상에는 열심히 해서 되는 일들과

안 하면 그만이라고 맘먹으면 정말 그만인 일들이 있다.

그런데 웃기는 사실은, 의외로,

안 하면 그만이라고 맘먹으면 정말 그만인 일들을

정말 그만뒀을 때, 구원이 찾아온다는 사실이다.

굳이 하는 일이 인간을 보내버린다.

기필코 안 하는 일이 인간을 살린다.

재미

180615

한 세상 살아가는 재미들 가운데 이런 게 있다.

'무조건 살아남아 있는 재미(절대로 쉽게 죽어주지 않는 재미).'

이 재미를 알아야,

진정한 어른이다.

어쩌면 그것은

180618

새집에서. 내 잠자리는 큰 나무 책상 밑이다.

원앙어선 밑바닥에 누워 있는 기분이 든다.

어쩌면 그것은 정말인지도 모른다.

인연에 대한 한 가지 명상

180626

인연이 있을 적에는

이것이 악연인지 아닌지를 잘 살피고 조심해야 한다.

최소한 인연이 없는 것은 좋은 일이다.

최소한 악연은 아닌 셈이니까.

내가 왜

180709

선조가 왜군을 피해 도망칠 적에, 수행하던 한 군인이 옆에서 일부러 창을 거꾸로 들고 땅바닥에 질질 끌며 이렇게 비아냥거렸다.

"적이 온 것은, 하늘이 보내신 것이다."

내가 왜, 이 시각, 혼자 집에서 소주 마시다가, 세상에 대고 이 말을 할까?

어쩜

180806

조금 전, 누군가와의 전화 통화 중에 그가 내게 말하기를.

"선생님 하시는 말씀은 뭐가 농담이고 뭐가 진담인지 모르겠어요."

나는 대꾸하지 않았지만. 속으로 이렇게 생각했다.

어쩜 저렇게 나랑 생각이 똑같을까.

전쟁

180808

증오하는 자들과 전쟁을 치러야 하는 자는 행복하다.

사랑하는 자들과 전쟁을 치러야 하는 자는 비장하다.

무지한 자들과 전쟁을 치러야 하는 자는

치유되기 힘든 인간혐오를 앓게 될 것이다.

다시 거리로

180920

여권 재발급 신청하는데, 구청 직원이 비상 연락망으로 가족 연락처를 하나 적으라고 해서, 가족 없다고 하니, 그럼 친척 아무나 적으라고 해서, 친척 아무도 없습니다. 저, 무연고잡니다.

그러니까, 약간 당황 내지는 미안해하는 눈치, 그러나 이내 친구 적으세요, 그럼. 그러기에, 재영이 이름 전화번호 적고 다시 거리로 나왔다.

이 인생

181120

이 인생 슬플 것도 없고 기쁠 것도 없다.

그저 조용한 휘파람 같다.

감은 눈

181126

오전 내내 누워서. 가만히 눈을 감은 채.

내가 가진 모든 지식을 총동원해.

내가 나에 대한 정신분석을 한 1시간 정도 해보았다.

모든 지식을 총동원할 필요도 없는 일이었다.

결과는 너무 빤했다.

내가 나에 대해 모를 리 있나.

나는 왜 한심한가.

끔찍한

181202

아까, 전화 통화에서 성호 형이 명언을 남겼다.

"원래부터 사람들은 허깨비를 좋아해."

그런 거지. 어쩌면 빤한 소리. 그러나,

무서운 진리.

그 무엇이든

181214

한반도 안으로 들어오면

다 샤머니즘이 돼버린다.

과학조차도.

전화

181214

정말 오랜만에 대학 동기 여자친구가 전화를 걸어왔다. 아이 없이 남편이랑 둘이서 농사도 짓고 밥집도 하는 친구다. 종로 지나고 영풍문고 갔다가. 내 새 시집 사면서 전화했다고 했다. 잘 지내냐고. 밥은 먹고 사냐고 물어왔다. 나는 대답하지 않았다. 글은 잘 쓰냐고 물어왔다. 나는 "오늘부터 해야지."라고 대답했다. 친구는 "그래. 1월 1일부터 하지 말고 당장 마음먹었을 때 해라."라고 말했다. "좋은 얘기네. 좋은 얘기다."라고 내가 말했다. "송년회 안 가? 금요일이잖아. 송년회 많지 않아?" 친구가 물었다. "알잖아. 나 사람들 넓게 안 만나. 갈 송년회도 별로 없고." 내가 대답했다.

약간의 침묵이 흐른 뒤, 우리는 전화를 끊었다. 나와는 그 어떤 남자 동기들보다 친하고 또 나를 이해해주는 친구. 그녀와 지냈던 학창시절이 희미했다. 뭐라고 설명하기 힘든 쓸쓸함이 남아 있다.

다짐

181217

위악을 사용해서라도 극기를 하며 살아가야 한다. 쓸쓸해서 안 좋을 게 뭐란 말인가. 인간의 내면에는 가을과 겨울이 어울린다. 우연히 길을 걷다가 몸 밖에 봄과 여름이 오더라도, 고통을 맞이하듯 그러려니 하고 흘려보내면 그뿐이다.

남은 인생, 위악을 사용해서라도 극기를 하며 마저 살다가 홀연 죽을 것이다.

내 입장

181224

내 생각에는 말이야.

물론 예수님이나 부처님이나 두 분 다 엄청 훌륭한 분이지.

근데 말이야.

'부처님 오신 날'에는 이렇게 기분이 꿀꿀하고 외롭지는 않았거든.

그런 면에서,

예수님보다는 부처님 쪽이 훨씬 더 배려심이 많다고 본다,

내 입장에서는.

생각

181228

어젯밤 '봄 여름 가을 겨울'의 전태관 씨가 돌아가셨구나. 향년 56세. 덧없고, 슬프다. 고통은 선하고 아름다운 이에게도 예외가 없으며 때로는 까닭을 알 수 없이 더욱 가혹하다. 지금 나와 내 주변에 있는 모든 사람도 시기의 차이만 있을 뿐 반드시 죽을 것이고, 그 죽음의 질도 죽는다는 무자비한 사실 앞에서는 똑같은 것이나 마찬가지다.

머지않아 우리는 완전히 이별할 것이다. 완전한 이별. 이 추운 겨울날, 죽음과 이별에 대해 생각한다. 이것은 사랑이란 무엇인지 생각하기 위함이다. 매우 한시적이고 어둡기 쉬운 이 인생 안에서 어떻게 사랑하

며 살 것인지를 생각하기 위함이다. 숨어서 병을 앓듯 시를 쓰던 내 사춘기의 영웅, 드러머 전태관.

고인의 명복을 빕니다.

죽음

190310

젊은 시절에는 견디다가 죽을 수도 있다는 생각은 안 들었다. 나이가 들면서 견디다가 죽을 수도 있다는 생각이 가끔 든다. 하지만 돌이켜 보면, 젊은 시절에도 죽을 수 있고 또 실지로 죽는 젊은 내 친구들도 종종 있었다. 누가 죽고 누가 사는지는 우리가 결정하는 것이 아니다. 누구는 전쟁터의 백병전에서도 돌아와 늙은이가 되어서야 가까스로 죽고 누구는 무균캡슐 안에서도 쉽사리 시들어 죽는다.

가장 무서운 것은,
자기가 이미 죽은 인간인지도 모르고 버젓이 살아가는 인생이다.
그러지 말자.

불행

190311

누구든 역사에 등장하면, 정도의 차이는 있겠으나, 미움을 받는다.

누구든 역사에 등장하면, 오로지 사랑만을 받을 수는 없다. 그가 아무리 옳은 일을 했다손 치더라도. 반면 오로지 미움만을 받는 악마도 없다. 히틀러나 스탈린도 사랑해주는 인간들이 있다. 인간으로서 인간을 가장 많이 죽인 마오쩌둥도 추앙해주는 인간들이 있다. 캄보디아에서 킬링필드를 연출한 폴포트를 옹호하는 부류도 없을 것 같지만, 분명히 존재한다.

인간의 마음 안에는 공정함이 들어 있는 게 아니라, 자기가 좋아하고 싫어하는 것이 들어 있기 때문이다. 이것은 그러한 인간이 인간들이 되어 대중이 되어갈수록 더 핏빛으로 선명해진다. 세상에 공정함이란 엄밀한 의미에서는 없다. 없으려고 없는 게 아니라, 가능하지가 않다. 그저 선택과 결정이 있을 뿐이다. 역사는 특히 그러하다. 역사 속에 등장해버린 인간은 더욱더 그러하다. 역사 앞에서 우리는 선택하고 결정해야 한다. 역사 속에서 행동하려는 이는 지구인 절반쯤에게는 미움을 받아도 좋다는 각오가 있어야 한다. 그것은 공정한 태도가 아니다. 그러나 이 사안에서만큼은 옳은 태도다. 그것을 옳다고 믿어야 할 정도로 인간이 어리석고 무지하고 악마적이기 때문이다. '미움받을 권리' 같은 헛소리들일랑 그만 좀 집어치우고, 될 수 있는 한 역사에 등장하지 마라. 그것은 무서운 일이고, 괴로운 일이다. '미움받을 권리'는 이럴 때 사용하는 말이 아니다. 역사 속에서 은자隱者로 살면, 정도의 차이는 있겠으나, 불필요한 미움들로부터 많이 벗어날 수 있다. 물론 아무리 역사 속에서만큼은 숨어 살고 싶어도 역사에 끌려나가게 되는 경우도 있다. 그러니 더욱 자중하여, 역사 속에 등장하지 마라.

그런데 참 이상한 일이 있다. 이럼에도 불구하고, 무슨 자신감이 그렇게 많아서인지, 역사 속에 등장해 춤을 추고 싶어서 안달이 난 인간들로 세상은 우글우글 불타오른다.

가만 보면

190320

돈 많은 자들이 나라를 망치는 것보다, 공부 많이 한 자들이 나라를 망치는 경우가 비교할 수 없이 더 많다는 것을 잘 알 수 있다.

동의할 수 없다

190313

사람은 기쁘게 살아야 한다는 당신의 그 말에
나는 동의할 수 없다.
사람이 슬프게 살아야 하는 것은 아니지만,
사람의 마음에는 슬픔이 있어야 한다.
슬픔이 있어야 내 안에 있는 모든 것과
내 밖에 있는 모든 것을 바라볼 수 있기 때문이다.
기쁨은 바라보는 눈을 잃게 만든다.
슬픔이 기쁨이다.
사람은 기쁘게 살아야 한다는 당신의 그 말에,
나는 동의할 수 없다.

한국 문학평론가 단상

130313

올해는 내가 정식으로 작가가 된 지 햇수로는 30년, 만으로는 29년째다. 이런 식 저런 식으로 날리던 작가들을 숱하게 봐왔다. 그러나 그들 가운데 아직 문학적 생명체로 남아 있는 이는 정말이지 극소수이다. 하물며, 그렇게 난장과 허세와 무능과 음흉과 건방과 비리와 위장한 비겁 등을 떨던 문학평론가 선생들은 정말이지 한 줌 흔적도 없다. 꼭 한국 문학이 아니더라도, 평론가라는 요물들의 정체가 고작 그 정도인 것은 맞다. 오래전에 돌아가신 내 어머니는 거의 문인 수준의 여고 국어 선생님이셨는데, 평론가가 되느니, 연출가가 되는 게 낫다고 늘 말씀하셨더랬다. 그래서 실지로 연극 연출을 하시기도 했다.

내가 지금 이런 말을 문득 남기는 것은, 한국 문학평론가들에 대한 어떤 총론을 쓰기 위한 일종의 메모 일부이지만, 훌륭한 평론가가 있다면 그는 평론가의 비천한 운명을 솔직히 받아들인 평론가일 것이라는 점을 말하고 싶어서다. 평론가는 기본적으로 작가와 작품의 시종이다. 그런데 그런 자들이 작가와 작품 앞에서 왕 노릇을 하는 것이다. 세월은 그들을 '아무 의미 없음'으로 처벌할 것이다. 작가와 작품 앞에서 겸손함으로써 훌륭한 평론을 많이 쓰게 되는 평론가들이 한국 문단에 많이 존재하게 되기를 기원한다.

참고로 내가 좋아하는 20세기 서구의 문학평론가 대부분은 문학평론가 이전에 철학자이고 행동가였다.

권력의 내시가 아니었다.

속삭인다

190313

계획이 이삼일 늦어지는 것은, 당장은 큰일로 보일 수 있으나 인생 전체로 보면. 아주아주 작은 일에 불과하다. 게다가 역사 속에 놓이면 그것은 먼지 한 톨의 값어치도 없는 일이다. 그 일이 아니라, 그 일의 주인인 자신조차도.

어느 타인도 내가 될 수 없고, 나 역시 어떤 타인도 완전히 이해할 수 없다. 그럴 수 있다고 느껴질 때는 '사랑'을 할 적의 '착각'뿐이다.

이 두 가지를 내게 속삭인다. 이 아침에.

비극

190317

타인의 비극이 지닌 아픔에 공감하지 않는 것보다 천만 배 더 사악한 짓은, 타인의 그 비극을 흉기로 사용하는 것이다. 그러고 있는 자신을 알건 모르건 간에.

양복정장에 관한 명상

190402

방금 그냥 심심해서 라운드 티를 입은 채로 넥타이를 매보았다. 넥타이 매는 법을 안 까먹은 것이 신기했다. 앞으로는 일부러라도 양복정장을 좀 입고 다녀야겠단 생각을 했다. 이유는 내가 양복정장이 계절마다 두세 벌 있는데, 이대로라면 죽을 때까지 몇 번 입어보지도 못하고 죽을 게 빤하기 때문이다. 앞으로는 친구들 만나러 갈 적에도 양복정장을 입어볼까 한다. 넥타이는 안 매면 되지 뭐. 가볍게.

이 글의 진의는 이렇다. 우리는 너무 많은 것을 가지고 있다. 있는 것들 다 사용도 못하고 죽는 것이 인생이다. 그러니 가능한 한 그것이 무엇이든 새로운 물건을 가지지 말 것. 빈티지 취향을 업그레이드할 것. 죽기 전에 다 처분해버리는 기분으로 살아갈 것.

밖과 안

190404

오랜만에. 성호 형이랑 길게 전화 통화 했다.

주로 살아가는 것에 관한 개소리들.

그리고 인간과 돈,

돈이야 쓰는 놈이 임자라는 식의 뭐 그런 얘기들.

여자 얘기 조금? 아무튼 그랬다.

성호 형은 건축도면 그리느라고 무척 바빴다.

그래서 요즘은 밖에도 못 나간다고.

밖에 나돌아다녀봤자 죄만 짓지, 뭐. 내가 그렇게 말했다.

그렇다.

인간은 밖에 나돌아 다녀봤자 죄만 짓는다.

혁명은 사실 자신만의 동굴에서 하는 것이다.

인간은 자신의 안과 밖을 잘 구사해야 한다.

성호 형과의 긴 전화 통화를 끊었다.

여전히 알 수 없는 인생이었다.

방황

190405

나는 방황했다.

나는 또 한 시절의 방황을 일단락지었다.

내가 방황했던 것만큼 나는 강해져 있다.

나는 삶이 방황이 아니라고 생각하면서 살지는 않을 것이다.

삶의 전부가 방황일 필요는 없지만,

방황이 없는 삶은 죽어 있는 삶이다.

자신이 제대로 산다고 착각하는 시체들은,

이 사실을 모른다.

인생

190409

국회의원을 두 번, 그리고 광역시 시장까지 역임했던 한 90세 노인이

지인을 만나러 가던 중 한강 다리 위에서

자신의 운전기사에게 갑자기 차를 세우라고 하더니

홀연 한강 속으로 뛰어내렸다.

이게 인생이다.

저 사람은 무슨 슬픈 일이 있어서

190405

친구를 만나러 가는 지하철 안에서 방금.

한 중년 사내가 꼿꼿이 서서 외계인의 말로 무언가를 계속 중얼거리고 소리치고 한참 그러다가 객차 다른 칸으로 건너갔다. 나 말고 다른 사람들은 쳐다봐주지도 않는다. 싫거나 무섭거나 이해할 수 없어서였겠지. 눈을 감고 있지 않은 이 세상 모든 사람은 스마트폰 속으로 들어가 있다. 옆에서 누가 죽어간들.

저 중년 사내는 무슨 슬픈 일이 있어서 저렇게 된 것일까?

왜 어린 왕자가 물렸던 노란 뱀에 물린 것일까?

내 친구들에게

190409

조금 전 일어났더니 지난밤, 방송인이자 국제변호사 로버트 할리 씨가 필로폰을 하다가 수갑을 차고 경찰에 체포됐네?

와.

아.

이래서 인간은 다 방황하고, 이래서 인간은 겉만 보고는 속 아픈 걸 모른다는 거야. 그래서 인간이 또 무서운 거고. 얌전한 저 남자 저 여자가 어떤 폭탄인지 모르는 거니까. 내가 생각하는 것보다 내가 그렇게 타락한 엉터리는 아닌지도 모른다는 생각을 하게 된다. 어쩌면 약간은 훌륭한 사람인지도 모른다는 생각마저도.

하여간 나를 자책하지는 않기로 했다. 이 정도면 나는 잘사는 거다. 세상에 기죽지 말자. 힘을 내자. 직업도 처자식도 없는데, 돈도 없고 유명하지도 않는데, 마약은 안 하잖냐. 지금껏 나더러 방황한다고 지랄했던 내 친구들은, 다 내게 경배하시오.

묵주기도

190417

먼지와 얼룩과 흠집을 즐거워하라.

너의 상처를 사랑하라.

연민에 관한 일

190415

타인에게 연민을 가지기가 싫다.

타인에게 연민을 품는 순간 내 마음이 너무 힘들어지기 때문이다.

타인에게 연민을 품었는데, 동시에 내가 나를 연민하기 때문이다.

타인에게 연민을 가졌는데 타인에게 도움도 못 되고

나 자신은 살기가 더욱더 괴롭기만 하다.

그래서 일단은,

타인에게 연민 받지 않는 내가 되려고 한다.

이것이 나약함인지 어리석음인지조차 잘 모르겠다.

외로워도 좋으니, 타인에게 연민 받지 않고 싶다.

질문과 대답

190419

"이 선생."

"네."

"이 선생의 정치적 정체성은 뭐지?"

"무슨 뜻이신지?"

"이를 테면 좌익이냐 우익이냐, 중도좌파냐 중도우파냐, 뭐 그런……."

"그런 유치한 질문에는 대답할 수 없고요."

"……."

"다만 제가 저에 관한 정치적 진실을 유치하지 않게 답변해드린다면."

"……."

"저는."

"……."

"좌익 파시즘과 우익 파시즘과 대중 파시즘과 문화 파시즘의 적이자, 북한 민주화 운동가입니다."

감옥과 적

190419

적을 감옥에 가둬두는 자는 하수다.

적을 풀어놓고 적 진영에서 내분을 일으키게 해야 고수인 거지.

정직해지는 것의 쓸쓸함

190420

책임질 수 없는 인연은 만날 수 없다. 그게 누구든.

상처 줄까 봐 두렵고, 상처받기도 싫다.

책임질 수 없는 것은 책임지지 않는다. 그것이 나의 처지다.

나이가 든다는 것은 외롭고 쓸쓸한 일이지만

늘 나쁜 것만은 아니다. 지혜 따위는 원하지 않는다.

인간이 거짓말을 완전히 안 하면서 살아갈 수는 없다. 특히 자신에게.

삶이란 어쩌면 거짓말 위에 그려지는 작은 진실에 불과하므로.

그러나 시간이 갈수록 거짓말하는 일이 줄어드는 것은 좋은 일이다.

타인에게든 자신에게든.

상처 줄까 봐 두렵고, 상처받기도 싫다.

인연을 무서워하지 않는 사람들이 무섭다.

단 하나의 진실

190422

바람처럼 살다가 바람처럼 사라진다.

그런 것이고,

그래서,

그래야 한다.

이것 말고는 다 거짓이다.

마약

190422

뭐든지 놓여나야 한다.

'그것'에서 놓여나니까 이렇게 좋다.

마약이 있다면 이런 게 진짜 마약이지.

안 그래?

모든 것에서 놓여날 것이다.

혼자만의 예배

190429

자중自重하지 못하는 적敵을 볼 적에

온 세상을 얻은 듯 기쁘다.

눈을 감고 조용히 기도하며

그 기쁨을 자중한다.

악연

190503

네 벌은 네가 받아라.

내 벌은 내가 받겠다.

진단과 소견과 질문

190513

지식의 한계는 가장 혹독한 현실 한계다.
우리는 지금 그것을 앓는 것이다.
여기에서의 '우리'란 누구인가?
이 '우리'는 우리의 '지식'인가. 우리의 '현실'인가, 아니면,

'한계' 그 자체인가?

인간

190518

알렉산더 대왕은 아프가니스탄까지 진군했다가,

모기에 물려 죽었다.

진실

190519

환멸이 구원이다.

침묵이 혁명이다.

4

밤의 어둠 속에서 세계와 삶이 보인다

생존만을 생각하고 나머지 생각들은 아예 없애고 싶을 때가 많다. 세상이 어둠으로 가득 차 있다는 것은 주지의 사실이다. 그렇지 않다고 우기면 철없는 인간일 뿐이다. 그러나 미워하고 저항하고만 산다고 해서 시야가 넓고 깊어지는 것은 아니다. 어둠이 없으면 무늬가 생기지 않는다. 밝은색만으로는 세상을 그려낼 수 없고 아름다운 그림 역시 그려낼 수 없다. 어둠이 있어야 그림 자체가 존재한다. 누구도 백지를 지우개로 지우며 그림을 그릴 수는 없는 이치다. 세상의 빛으로 우리가 밝아지는 게 아니다. 우리 각자의 불빛으로 밝아진다. 사실은 어둠 덕택에 나와 나의 주변은 나의 작은 불빛에도 밝아진다. 이 부정의 변증법을 이해해야 희망을 향한 플롯이 나오고 절망과 투쟁하는 스토리가 나오는 것이다. 빛은 중요하다. 그러나 우리는 눈을 감고 어둠 속에서 기도하면서 안식을 찾는다. 두 발로 멀리 걸어가지 않아도 우주를 여행할 수 있다.

크든 사소하든

190328

남에게 시비 걸고 괴롭히는 것으로 인생을 살아가는 부류들이 있다.
언뜻 보면 인간이 부족해서 그런 거 같지만, 자세히 들여다보면,
크든 사소하든 얻는 게 있어서 그런 경우가 대부분이다.
불쌍해할 가치도 없다.

인생

190329

대단한 일도
대단한 사람도 없다.
그러나.
의미가 없진 않다.
나쁘게 말하지 말기.

약속.

무서운 재능

161114

언젠가 정치인이 되겠다는 후배에게 말했더랬다.

"너 노출증 환자냐?"

"아뇨."

"그럼 하지 마."

"형은 늘 이런 식입니다. 너무 시니컬해요."

"내가 노출증을 욕하는 게 아냐."

"?"

"그게 그 바닥 재능이라서 그래."

"……."

"이젠 내가 안 밉지?"

대한민국 국회는 바바리맨과 바바리우먼 들의 환각 파티장이다.

딜레마

161115

인생의 가장 어려운 문제가 딜레마에 있다고들 하지만

딜레마야말로 인생 최고의 맛이다.

딜레마에서야말로 결정력이 드러나기 때문이고.

그 결정에 의해 놓아버리게 된 것을 통해

그 인생의 진면목이 드러나기 때문이다.

인간은 놓아버리는 것이 확실할수록 더 잘 싸울 수 있다.

딜레마가 없는 인생은 실패한 인생이고

딜레마를 피하는 인생은 비겁한 인생이며.

딜레마 속으로 뛰어드는 인생은

꼭 한 번 살아볼 만한 인생이다.

그런데 모든 인간은, 단 한 번밖에는 살지 못한다.

악당의 종말

161126

악당은 사람들의 미움과 두려움을 먹고 산다. 그 미움과 두려움이 혐오로 전환될 때 악당은 더는 악당이 아니라 양아치인 것이다.

악당은 자신을 사람들이 얼마나 어마어마하게 재수 없어 하는지 모를 때 기필코 망한다.

혁명가

161204

그 혁명이 무엇이건 간에

혁명에 성공한 혁명가는

스스로 사라지거나 적의 손에 죽어야 한다.

그게 가장 아름다운 일이다.

왜냐하면

인간은 타락을 거부할 수 없을 만큼

나약하기 때문이다.

100퍼센트

170113

인생을 살다 보면

이게 네 운명이라고 말해주는 분들을 종종 만나게 된다.

확률적으로,

다 개새끼다.

불구덩이

170131

한국에서 살아간다는 것은 어떤 의미에서든

불구덩이 속에서 살아가는 것을 의미한다.
그것은 한국이 불구덩이어서라기보다는,
한국인들이 제각기 불구덩이어서다.
좌파니 우파니 뭐니 하는 이념이 아니라,
불구덩이.
불이 아니라,
불구덩이.

이념과 신학, 이념 속의 신학

170213

사람들은 본질적으로 이념이 필요하다. 그런데 그 이념 중에 생명력이 있는 이념은 사실 이념이라기보다는 신학에 가깝다. 더 심하게 말하자면, 아니 더 솔직하게 말해서, 이념의 외피를 두른 신학인 경우가 대부분이다.

사실은 무신론자들만큼 철저한 유신론자들이 없다. 신이 없는데 뭐하러 신이 없다고 외치겠는가. 신이 없는 게 아니라, 신은 우리가 생각하는 신이 아닐 뿐이다. 신은 육박해오는 공포의 에너지를 공포의 형식으로 완화해주는, 거대하지만 보이지 않는 물음표다.

그런 인간의 조직이 바로 '인간들'이다. 사실은.

인간과 사상

170224

질이 낮은 사상도 전위를 매혹하고 내부와 외부 전선의 헤게모니를 장악할 수 있다. 질이 낮은 사상이 질이 높은 사상보다 강하고 날쌘 전략을 가진 경우가 의외로 많기 때문이다. 질이 낮은 사상은 인간에게 직접적이고 구체적인 상처와 죽음을 준다.

그런데, 사실,
인간은 그런 것들을 좋아한다.

시대와 공동체

170224

한 시대와 그 공동체가 빠져 있는 오류와 착종과 무지에서 빠져나올 수 있는 개인이란 거의 불가능할 정도로 드물다.

한 시대와 그 공동체가 입을 다물게 하거나,
죽이기 때문이다.
권력자가 아니라,
한 시대와 그 공동체의 오류와 착종과 무지가.
우리가.

사람들

170225

사람들은 사랑하면 행복해질 줄 안다.

그래서 사랑을 시작한다.

그게 아닌 줄 알면서도.

혹은 모르면서도.

불행은 대충 그런 식으로 시작된다.

경멸의 진정성

170412

나는 악당을 경멸하지 않는다.

나는 자신이 누구인지 모르는 자들을 경멸한다.

기도

170420

나도 모르는 '나 자신을 위한 증오'에 기대어 살아가지 않을 수 있게 해주시기를 기도해야 하는 세상이다.

정치적 죄

170512

나는 민주주의를 믿지 않는다. 다만 민주주의에 대해 끝없이 회의하면서도 민주주의를 지키려 노력할 뿐이다. 그런 의미에서 내게 민주주의는 차선이 최선인 유일한 사회적 방법일 뿐이지 '주의'가 아니다. 민주주의는 이념이 아니라 민주적 '제도'다. 이것이 내가 온갖 모양의 파시즘들을 경계하고 물리치는 기본 전술이다. 민주주의와 정의와 선의의 외피를 두르지 않은 파시스트들을 나는 본 적이 없으며 앞으로도 없을 것이다. 민주주의자는 무지와 확신에 의해 파시스트로 재탄생한다. 자신의 확신이 무지인지도 모른 채.

나는 인간의 위선이 가장 무섭다. 위선의 가면은 별것이 아닌지 모르지만, 위선의 가면을 쓴 그 몸은 악마가 하는 짓을 천사의 말을 하며 저지르기 때문이다.

민주주의는 상하기 쉬운 생선이지만, 이 생선은 그저 구더기만 들끓는 게 아니라 정의로운 흉기가 되어 가슴이 답답하고 무지한 인간의 손아귀에 꼬옥 쥐이기도 한다. 거의 모든 정치적 죄에서는 확신이 무지다. 그래서 예수가 이렇게 말했을 것이다.

"주여. 저들은 저들의 죄를 모르나이다."

불행 중 다행 혹은 천만다행

170617

망하는 곳에서 살아봐야 그 세계의 진상을 알 수 있는 법이다.

별의별 일들이 다 일어나기 때문이다.

인간들이 불행과 누추함 안에서 본색을 드러내기 때문이다.

그런 의미에서, 나는 문인이었기에 그 세계를 안다.

죄의 진실

170618

우리는 어려서부터 이런 말을 듣고 자라나 지금에 이르렀다. 나쁜 마음이 죄를 저지른다.

나는 이렇게 말하고 싶다. 잘못된 지식이 죄를 저지른다. 작은 죄부터 어마어마한 죄까지 거의 다.

가장 가슴 아픈 일

170620

세상에서 가장 가슴 아픈 일이 뭔지 아는가?

적에게 짓밟히는 일?

아니다.

사랑하는 사람이 무지함으로 인하여

정의롭다고 믿으면서 악을 행할 때다.

그래서 주님이 십자가에 못 박혀 돌아가시면서

이렇게 말씀하신 것이다.

"주여, 저들의 죄를 저들에게 돌리지 마옵소서.

저들은 저들이 무슨 짓을 하는지 알지 못하나이다."

그러나 주님은 주님이고,

죄의 대가는 우리가 반드시 치르게 되는 법이다.

그게 세상의 이치다.

이것

170625

예수가 십자가 처형을 당했을 때, 그의 곁에 그의 제자들이 하나도 없었음을 우리는 자꾸 잊는다.

이것 하나만 잊지 않고 살아도 우리는 많은 어둠을 피해갈 수 있고 또 스스로 어둠이 되지 않을 수 있다.

십자가

170625

사도 바울이 해석한 '예수가 십자가에 못 박혀 돌아가시고 부활하신 사건'의 의미를 대중적으로, 현세적으로 정리한다면 바로 이것일 것이다.

"죄인인 너희는 남의 죄 가지고 장난치지 마라."

인생 수칙

170628

불필요한 인간들과는 음으로든 양으로든
접촉 안 하고 사는 게 최선이다.
안 그러면, 어느 날.
악마가 다가온다.

정치적 권리

170628

인간과 정치적 권리라는 게 그렇다.

자유민주공화국에서는 누구나 정치 활동을 할 수 있다. 그런데 그 권리 안에는 스스로 정치 활동을 절제하고 외면할 수 있는 권리까지 포함되어 있다는 사실을 우리는 자꾸 잊어버린다.

이 권리는 흔히 정치적 무관심이라는 절대악으로 규정되면서 사람들이 자신과 세계를 세심하고 신중하게 읽어내며 공부할 수 있는 태도와 기회를 빼앗는다. 스스로 정치 활동을 절제하고 외면하는 권리는 정치적 무관심이 아니다. 정치적 지성일 것이다.

정치를 지나치게 좋아하고 그 정치를 지나치게 좋아하는 것에 100배 정도는 당파를 좋아하는 대한민국의 조선인들은 이 권리를 유린하는 정치적 야만인들이다.

그 권리가 뭐든 권리 행사를 잘해야 제 인생을 안 망칠 수 있고, 정치 활동을 해서는 안 되는 인간들이 정치 활동에 환장해 있는 나라는 지옥과 쓰레기 그 사이 어디쯤에 주저앉아 있는 나라다.

이것이 냉소에 불과하다고 생각하는가? 만약 그렇다면, 우리와 우리의 나라는 정직하고 치열한 냉소가 필요한 지경에 이르러 있다.

너무 평범한

170629

『손자병법』에서는 망하는(패배하는) 군대(이것을 모든 것들의 메타포라고 보아도 좋다.)의 사례들을 모두 여섯 가지로 나누어 제시한다. 그런데 참 재밌는 것은, 그 여섯 가지 전부가 군대 내부의 문제이지 군대 외부의 적과는 아무 관련이 없다는 점이다.

『손자병법』, 이 딱 6,000자로 되어 있는 전쟁에 관한 성경은, 우리가 우리의 내부에 저지르는 온갖 패악과 저주는 반드시 죽음과 노예의 대가로 치르게 될 것임을 경고한다.

만약 한국이 망한다면, 한국은 정치인들 때문에 망해가는 게 아니다. 한국은 한국 때문에 망할 것도 아니다. 한국은 한국인들 때문에 망할 것이다.

사실, 너무 평범한 얘기일 뿐이다.

인간과 인간의 모순

170630

인생이 처음부터 끝까지 온통 허무임에도 불구하고 한 번쯤 살아볼 만한 까닭은, 인간이 모순으로 가득 찬 존재이기 때문이다. 인간의 가치는 선과 악에 있는 게 아니라 바로 그 모순에 있다.

자신과 타인과 세계를 통해서 인간의 모순을 구경하고 체험해 뭔가를 깨닫지 못하는 인간은 한 번쯤 사는 것이 아까운 인간일 수도 있다.

유일한 묘책

170703

삶이 엉터리가 되고 허물어졌다고 여겨질 때, 거기서 빠져나갈 수 있는 유일한 묘책은 하나씩, 하나씩, 처음부터 차근차근 챙기고 다져나가는 것밖에는 없다.

막상 해보면, 몇 달 몇 해가 되지 않아 재기가 가능한 까닭은 대부분 사람이 그러지 않기 때문에 생기는 경쟁력 때문이다.

대부분 사람은 엉터리로 살고 허물어져 가면서도, 그 사실 자체를 모르거나 부정하거든.

두 개의 최악

170807

인간의 치명적으로 멍청한 짓,

아직 끝나지 않은 것을 이미 끝났다고 아는 것과 이미 끝난 것을 아직 끝나지 않았다고 아는 것.

후자

170820

한 지도자의 무지와 어리석음이 그 개인의 무지와 어리석음인가 아니면 그가 속한 시대(혹은 세대)의 무지와 어리석음인가에서, 비교할 수 없이 위태롭고 절망적인 경우는 당연히 후자다.

이 두 개의 사실이

170820

인간은 누구든 저마다 하고 싶은 말들을 가지고 태어난다. 그 말들이 다 사라지면 그는 살아도 시체이거나, 죽어도 해탈한 자일 것이다.

나는 이 두 개의 사실이 다 그렇게 슬플 수 없다.

겸손의 필요성

170821

청천벽력같이 생면부지의 누군가에게 개죽임을 당하는 황망 잔혹한 세상이라는 사실을 은연중에 자꾸 까맣게 잊고 살아간다.

너무 작은 일에 흔들리고 슬퍼하는 나를 반성한다.

무서운 상식

170822

눈은 어둠에 멀게 되지 않는다.
눈은 빛에 멀게 된다.

귀는 고요에 먹게 되지 않는다.
귀는 소리에 먹게 된다.

전쟁

170824

인간은 모두가 강하다.
인간은 모두가 약하다.
이것이 내가

적을 얕보지 않고

동지를 사랑하는

방법이다.

그래도 지구는 돈다

170824

지금껏 이 사회에서 나는 우익 파시스트와 적어도 동일한 숫자의 좌익 파시스트들을 보아왔다. 그리고 자신이 파시스트인지도 모르는 파시스트들은 그 두 편을 합친 숫자보다 훨씬 더 많았다. 왜냐하면 거기에는 그 두 편이 거의 다 포함되기 때문이다.

거나

170827

사람을 무시하는 자는 개새끼다.

그러나 대중을 신봉하는 자는

모자란 사기꾼이거나 사악한 사기꾼이다.

자부심

170827

만약 우리에게 자부심이 없다면 인생은 어두워질 것이다.

그러나 이 사실보다 더 확실한 사실은,

인생이란 설혹 자부심이 없다 해도

끝까지 살아낼 가치와 책무가 있다는 사실이다.

게다가 자부심이란 자부심일 때가 가장 위험하며,

진정한 자부심이란 자부심을 얻고 유지하려는

그 과정과 태도의 가치 안에 존재한다.

바탕이 어둡지 않은 자부심이란 없다.

해결

170829

덩샤오핑이 말했다.

"해결할 수 없는 것은 해결하지 않는 것도 해결이다.

나중에 우리보다 더 지혜로운 자가 나타나 해결해줄 것이다."

때로는 보류도 돌파다.

오류와 습성

170831

탈권위의 목적은 진실을 위해서다.

아름다운 말을 사용하지 않는 악마는 없다.

농담이 아니라

170802

제 인간성이 안 좋은 걸 자신의 정치적 입장이라고 착각하진 말자.

지옥 사회

170913

악당들이 득실거리는 사회는 지옥이다.

그런데,

정의로운 자들이 득실거리는 사회도 지옥이다.

언뜻 말이 안 되는 소리 같은데

직접 살아보면 정말 그렇다.

(사실은 역사에 다 나와 있음.)

너무나 빤한 진단

170924

사실,
카메라와 녹음기가 이렇게 시시각각 일상화된 세상은,
미친 세상이다.

세계사

170926

세계사는 이성과 과학에 의해서 움직이지 않는다. 세계사는 이성과 과학을 가장한 성격과 우연의 누적에 의해서 전개된다.

악마와 지옥의 요점

170927

내가 보건대,
한국인과 한국 사회에 대한 요점은 이렇다.
"자신에 대한 불안에서 도피하려고 몰두하는
타인에 대한 적개심."

다만 악에서 구하옵소서

171002

악마의 유일한 관심사는 '인간'이다.

그리고 그 인간들 가운데 악마는

악을 추종하는 인간보다는

악과의 타협을 기다리는 인간을 더 좋아하고

또 그보다 무지한 인간을 더 좋아하고

또 그보다 무지한데 정의로운 척하는 인간을 더 좋아하고

또 그보다 무지한데 정의로운 줄 착각하는 인간을 더 좋아한다.

왜냐하면, 후자로 갈수록 훨씬 더

많은 일을 시킬 수 있기 때문이다.

고백

171003

나는 인생이라는 것의 끝을 너무 일찍 다 봐버렸다.

보고서

171014

타인이 바라보는 자신과 자신이 생각하는 자신 사이의 거리가 너무 먼 사람들이 너무 많다.

개와 인간의 진실

171021

세상에 나쁜 개는 없다, 라는 말이

세상에 안 나쁜 인간은 없다, 로 들리는 나는

나쁜 인간인가 안 나쁜 인간인가.

악마

171027

진정한 악마의 표정을 상상해본 적이 있다.

필경 그것은 천진하고 착한 표정일 것이다.

자신이 무슨 짓을 저지르는지도 모르는 표정.

그것이 가장 무서운 악마의 얼굴일 것이다.

내가 요즘 우리의 역사 속에서 그런 공포를 느낀다.

장난

171107

당신은 어느 때 가장 고통스러운가.

나는 세상과 인생이 다 장난처럼 여겨질 때,

미치다 못해 허탈하게 고통스럽다.

끔찍한 쪽지

171218

나는 이미 아주 오래전에 이 사회에 대한 정나미가 완전히 떨어졌다. 경제적으로 잘살고 못 살고의 문제가 전혀 아니다. 이 사회는 아무런 이유 없이 가장 더럽고 야비하고 잔인하고 무식한 언어로 결백하고 심지어는 훌륭하기까지 한 개인을 상징으로서가 아니라 진짜로 살인하는 사회다. 세상에, 총이나 칼이 아니라 언어로 말이다. 이 사회는 민간인에 대한 학살과 강간이 자행되는 전쟁터보다 더 역겨운 사회다. 이런 사회에서 이념이란 게 대체 무슨 소용이란 말인가? 똥통 안에는 그 어떤 음식을 집어넣든 꺼내먹을 수 없다. 그런데 심지어는 그런 짓을 하면서도 그게 옳다고 타인에게 그러기를 강요하는 사람들로 가득 차 있는 게 바로 이 사회다. 이게 지옥이 아니라면, 대체 어디가 지옥이란 말인가?

슬픔

180325

이사를 앞둔 온 집 안이 물류창고처럼 어지럽다.

한 달간, 일부러 이렇게 살 것이다.

청소나 정리를 할 필요가 없는 이 공간 한복판에 누워 있는데, 마치 내가 원양어선 밑바닥에 누워 밀항하는 것만 같은 기분이 드는 것은 왜 일까?

인간으로서 인간의 사랑을 믿을 수 없어, 고통스럽다.

악몽

180409

지독한 악몽을 꾸었다.

악몽에서 깨어나고 나니,

악몽의 감촉이 내 몸에 남아 있다.

삶이 악몽이구나.

받아들이겠다.

저 수많은

180610

호랑이 등 위에 올라탄 개새끼들이 너무 많다.

그렇다면, 내 질문은 여기서부터 출발한다.

그 수많은 호랑이를 다 어디서 훔쳐왔단 말인가,

저 수많은 개새끼들이.

자유에 관한 경고

180714

자유인으로 살아가려면, 그 하나를 지키기 위해 남들이 당연히 가지고 있는 여러 가지를 포기해야 하고 또 자신과의 몇 가지 중요한 약속들을 엄수해야 한다. 만약 그렇지 않으면 그는 자신이 상상할 수 없었던 최악의 노예가 되고 만다.

입장

180801

진실을 말하기 때문에

나를 떠나는 사람이 있다면

대환영이다.

내 인생도 당신의 인생처럼

단 한 번뿐이다.

당신처럼 살다가

죽을 수는 없다.

가장 어려운

180805

이 세상 모든 정리정돈 가운데 가장 어려운 정리정돈은 책 정리정돈이다. 왜냐하면, 지식이란 지식 그 자체가 아니라 한 지식과 다른 지식의 '연결'이기 때문이다. 거기서 튀어나오는 아름다운 돌연변이를 우리는 '창조'라고 부른다. 그래서 참다운 지식인이란 뭘 좀 알았다는 기분이 든다고 해서 나댈 수 없는 것이다.

참다운 지식인은 지식을 통해 행동하는 사람이 맞기는 맞다. 그러나 참다운 지식인이 되기 이전에 참다운 지식이란 얻는 그 자체가 매우 어려운 '행동'일뿐더러 참다운 지식인은 참다운 지식이 이 세상에서 온전히 올바르게 실현되기가 가장 어려운 일임을 아는 사람이다.

이 세상에서 가장 어려운 일을 쉽게 여기며 설치는 자들이 득실득실한, 가장 괴로운 세상을 살고 있다.

공평함

181115

요즘 사람들이 제아무리 오래오래 산다고 해도 남자의 경우 79세 넘기기가 결코 쉬운 일이 아니다. 게다가 말년에는 아프기 마련. 그전부터 아플 수도 있고.

우리가 다 곧 죽을 거라는 말을 하려고 이런 말은 하는 게 아니다. 인생 별거 아니니 의식적으로라도 즐겁게 살자는 취지에서 하는 말이다.

우리가 즐거워야 하는 이유는, 결국 인생이 누구에게나 공평하게 허무하기 때문이다.

고독과 결심과 사실

181116

혼자 살면. 어떻게든 버터나갈 수 있다. 안 먹고 안 쓰면 되니까. 혼자인데 거지면 어떻고 승려면 어떤가. 품위 유지가 용이하지 않으면 아무도 안 만나버리면 그뿐이고 병들면 정리한 다음 죽어버리면 된다. 사실 결국에는 누구나 그 비슷하게 죽는다. 누군가에게 뭐든 남긴 다음 죽는다는 것 정도의 차이? 더 나쁜 경우들도 허다하다. '고독'은 '결심'이라는 분모 위에 서 있고, 고독과 결심은 '사실'이라는 답을 가지고 있으나, 우리는 고독할 용기를 못 내어 결심을 못 하고 고독과 결심이 없어서 사실을 외면하면서 살아간다. 죽어간다.

고독한 당부

181130

정치적 사안에 관심이 많은 친구, 특히 후배들에게 꼭 당부하고 싶은 말이 있다.

자기 자신을 인간적으로, 지적으로 성장시키고 다듬어가려는 개인적 욕망이 없는 정치 논의자들은 아무리 옳아도 작건 크건 결국엔 불행한 결과를 초래하게 된다. 개인적으로는 황폐해질 것이며, 주변은 무분별한 적개심에 전염되고 오염될 뿐이다. 더 끔찍한 일은, 적과 싸우다가 적을 닮아버리게 된다는 점이다.

공부는 그래서 필요하다. 무엇보다, 진정한 승리자가 되고자 한다면, 예배드리는 것처럼 공부를 지속하라. 물론 지금 내 이 말을 그 어떤 구멍으로도 듣지 않을 수 있겠지만.

닫힌 창밖 빗소리

181203

내가 원래 겨울비가 오는 날은 컨디션이 별로다. 늦게 자고 새벽녘에 깬 지라 다시 한잠 자고 일어났다. 브람스를 백건우의 피아노로 듣는다. 닫힌 창밖으로는 소년의 발자국 소리 같은 빗소리가 피아노 소리를 지나서 천천히 들려온다. 고요하다는 것과 외롭다는 것은 다르다. 사실 외로움도 나쁜 것만은 아니다. 세상에 시달리다 보면 외롭고 싶어도 외롭지 못하여 외로움이 그리울 때가 많다. 고요하다는 것은 축복이다. '고요'에 대한 상상력 자체를 잃어버린 사람들이 참 많다. 나는 부자인가? 아니다. 나는 권력자인가? 아니다. 다만 누군가를 부러워하지 않는 나는 내 인생이 고요했으면 좋겠다. 나는 고요할 것이다.

그리고 전쟁할 것이다.

사랑

181210

인간이 이기적 동물인 것은 부정할 수 없는 사실이다.

그러나 또한 인간은 누구를 위해 사는 힘으로 살아가기도 한다. 누구 때문에 더 잘해보고 싶고, 누구 때문에 더 멋있어지고 싶고, 누구 때문에 더 용기를 내고 싶고, 누구 때문에 더 집중하고 싶고, 누구 때문에 더 강해지고 싶고, 누구 때문에 더 선량해지고 싶고, 누구 때문에 더 유머러스해지고 싶고, 누구 때문에 더 진지해지고 싶은 것이다.

이것이 '사랑'이다.

맞다. 인간이 이기적 동물이라는 게 부정할 수 없는 사실인 것은 맞다. 그러나,

사랑하는 인간은 이기적인 인간을 부정한다.

소원

190305

소원이 있다면. 개와도 말이 통하는 것이다.

하루에 한 번 산책을 나가지 않으면, 우울증에 빠지는 토토에게 미세먼지를 설명할 길이 없다. 미세먼지가 인간을 종속하는 도시. 무슨 종말적 SF소설 속에서 사는 것 같다. 함 살아보지 뭐. 나만 괴로운 건 아니니까. 다 망하면, 내가 이득이다. 잃을 것 없는 자의 복수니까. 이런 개 같은 정신이 필요하다.

사악한 마음을 가져서라도 힘을 내자.

머리에 뿔이 난 수도승인 작가의 자부심을 가지자.

이겨내야 한다.

끔찍한 자

190305

무지한 자보다 더 끔찍한 자는 무지에 홀려 있는 자다.

그리고 무지에 홀려 있는 자보다 더 끔찍한 자는,

무지에 홀려 있는 권력자다.

민심이라는 것

190311

'민심民心'이 하늘의 뜻이라는 말은 과거 전제군주가 지배하는 나라에서 합당한 것이다. 현대 민주 국가에서는 민심이 대중 파시즘으로 변질하기 쉽다. 그것은 이미 20세기의 역사가 충분히 증명한 사실이다. 또한 이 증명은 그 이후 현재도 진행 중이고 먼 미래에도 그러할 것이다.

현대민주국가에 필요한 것은 "민심이 천심天心'이다!"가 아니라, 적절하고 공명정대하고 과학적인 '법치法治'다.

이게 없거나 부족한 사회나 국가를 우리는 '아수라장'이라고 불러야 옳다. 이 아수라장에서는 '정의로움이라는 거짓명분'으로 '사람이 사람에게 저지를 수 있는 거의 모든 악행'이 다 일어난다.

하느님은 그런 지옥을 싫어하신다.

자존심과 좋은 인생

130314

자존심은 때로 없다고 생각하는 것이 살기에 편하다.
나는 별것 아닌 존재다.
이 사실을 받아들일 때 편안한 인생은 좋은 인생으로 접어든다.

당연하다.

세상에 특별하고 대단한 사람은 없다.

하느님이 보시기엔 다 먼지다.

나는 별것 아닌 존재다.

이방인

130317

모든 인간이 다 죽는다는 사실은 나를 기쁘게 한다.

시간의 차이가 있을 뿐, '다 같이 함께' 죽는 셈인 것이다.

이것이 내가 젊은 시절 공산주의에 매력을 못 느낀 근본적인 이유다.

역사

190401

역사라는 것이 참 오묘하다. 역사를 공부하면 할수록 역사 속 보석은 스토리가 아니라 그 스토리 안에 박혀 있거나 스미어 있는 '아이러니'다. 그러한 역사를 통해서 현실을 해석하면 남들은 신기해하는 통찰을 얻어낼 수 있고, 사실 그것은 상식을 잠시 높은 곳에 올려놓았다가 다시 제자리로 갖다놓는 동안의 명상冥想에 불과하다. 그런데도 그것은 신통한 것으로 취급받는 것이며, 사실 신통한 것이기도 하다.

단칼에

190403

공부하는 것은 힘든 일이다.

평생 공부하는 것은 정말 더 힘든 일이다.

끊임없이 공부하고 그것을 행동하는 일은 정말 정말 힘든 일이다.

그러나.

세상에서 가장 힘든 일은,

평생 그 어떤 것으로부터도 배우지 않고 그래서 당연히

제대로 된 삶도 없는 자들을

단칼에 멀리하는 일이다.

해내자.

안타까움과 경멸 사이

190407

진정 선의를 가지고 격려로 대해주려는 이를 지치게 하는 타입의 인간들이 있다. 그는 재능이 있을 수도 있고, 두뇌가 뛰어날 수도 있으며, 순수하거나 마음이 착할 수도 있다. 그러나 그가 결국 그러한 인간들 중에 하나일 수밖에 없는 이유는, 거의 대부분 그가 나쁜 습관을 가지고 있기 때문이다. 가령, 진정 선의를 가지고 격려로 대해주려는 사람에게 깐족거리거나 함부로 행동하는 따위의.

죄인

190404

나에게 너그러워지자.

내가 나의 죄인이다.

타인에게 너그러워지자.

타인에게도 내가 죄인이다.

너그러워지자, 내게 시련을 주시는

하느님에게도.

내 심장

190409

지난날의 내 방황은,

내 가슴속에 금강석 심장이 되어 빛나고 있다.

절대로 깨어지지 않는 이것을 보지 못하는 자는,

어둠이다.

나쁜 일 속의 좋은 일

190409

나는 독문학에서도 전공이 파시즘이고, 현대 파시즘의 꽃(?)은 역시 '대중 파시즘'이다. 내 정치적 논의의 근본은 항상 여기에 있었다. 좌익이나 우익이 아니라, 좌익 파시즘과 우익 파시즘, 좌익 대중 파시즘과 우익 대중 파시즘.

나는 한국과 한국인이 대중 파시즘에 쉽게 감염되고 휘둘리는 유전자와 후천적 무지를 가지고 있다고 늘 지적하곤 하지만, 그래서 이 절망 때문에 때론 좀 잔인할 정도로 시니컬해지곤 하지만, 요즘 들어 의외로 이 절망이 '괴상한 아이러니' 속에서 희망의 빛을 던져주기도 한다. 물론 아직은 작은 빛일 뿐이어도.

대중선동에 쉽게 감염되고 휘둘리는 한국인(당연히 북한인 포함)들 가운데 남한 사람들은 그간 대중 파시즘에 감염되고 휘둘리는 와중에 적어도 3분의 1 이상은 공중 언론과 정권의 선전을 지독히 불신하게 되었다. 그게 맞든 틀리든 간에 말이다. 이제 누구든 이제껏과 똑같은 수작들로는 이들을 잘 속일 수 없다. '한국인들의 악한 마음'이 일종의 '독한 깨어 있음'으로 본의 아니게 성장한 것이다. 잘못된 착한 믿음보다는 무조건적이고 공격적인 불신이 오히려 낫다. 파시즘을 대적하는 제일의 무기는 일단 '의심'이기 때문이다. 우리 주변에는 정치적 신앙인들이 너무 많다. 다 실재적이거나 잠정적 사탄의 자식들이다.

물론 이 '괴상한 아이러니 속에서의 희망의 빛'이 전적으로 좋은 일은 아니다. 하지만 절망보다는 괜찮은 징후다. 독(毒)도 약에 써야 하니, 난세가 맞는가 보다.

수공업 철학

190409

인생이 헛것 같고 다른 인간들이 말짱 다 거짓말처럼 느껴질 때 우리는 갈 길을 잃고 시들어가거나 파괴된다.

이럴 때 우리를 구원하는 것은 우리 각자의 '수공업'이다. 종교도 바람직할 적에는 사실 수공업인 건 바로 그 때문이다.

내가 관념주의자들을 한심하게 여기고 자신의 수공업이 없는 자들을 멀리 하는 것은, 그들이 자신의 허망함에 대한 화풀이를 타인에게 해대기 때문이다.

'정의로움'이라는 더러운 가면을 쓴 채. 자신이 그런 괴물이라는 사실도 모르는 채.

권력의 최악

190413

권력자의 입장에서는 이렇다. 사람들이 싫어하는 것보다는 미워하는 편이 더 낫고, 최악은 조롱당하는 것이다.

카오스 지옥 카오스 천국

190417

술을 마시지 않은 한 사내가 자신이 사는 아파트 단지에 불을 지른 뒤 뛰쳐나오는 사람들을 흉기로 찔러 죽였다. 십수 명이 상처를 입었고 15명이 넘는 사망자들 가운데는 어린이도 있었다. 범행동기? 삶에 대한 비관? 괴로움?

우리가 아무리 잘 돌아가는 슈퍼컴퓨터처럼 살아간들 이러한 불행이 닥쳐오는 것이 세상이다. 내게는 그런 일 절대 안 일어난다고 장담할 수 없는 인생이다.

이러한 카오스는 우리에게 자포자기보다는 겸손과 아이러니 같은 여유를 주어야 한다. 아무리 잘 돌아가는 슈퍼컴퓨터처럼 살아가는 사람도 잘 돌아가는 슈퍼컴퓨터처럼 살아가는 것에 대한 의문을 지녀야 한다.

세상과 인생은 카오스다. 우리는 이것을 인정해야 한다. 오히려 그래서 우리는 부족한 우리 각자를 용서할 수 있고, 잔인무도하고 황당무계한 이 세계를 그러려니 할 수 있다.

그러나 정말 무서운 것은, 삶이 우리를 '묻지 마 방화 살인'의 피해자만이 아니라 범인이 되게 할 수도 있다는 사실이다.

절대 나는 아니라고 말하는 당신이라면, 당신은 세상을 모르고 인간도 모른다.

내 견해에 대한 이의에 대한 내 대답

190419

"떳떳하게 사는 사람은 얼굴과 눈빛부터 다르다. 가난하든 이름이 없든 간에. 밝고 힘이 있다."

"가난하면서 밝기 힘들고 이름 없이 힘 있기 어렵다."

"부자인데도 어두컴컴하고 유명한데도 악하고 더러운 자들이 더 많은 세상이다. 가난해도 얼굴이 밝고 이름이 없어도 눈빛에 힘이 있는 사람들보다."

"……."

"아닌 것 같지만, 고요히 들여다보면 그렇다."

왼편 어깨 위 종달새 노랫소리

190420

이것저것 다 떠나서,

자살하게 되고

감옥에 갇히게 되고

최소한 세상 사람들 절반 이상으로부터 멸시와 증오를 사게 되고

그러면서도 결국엔 세상을 별로 나아지게도 만들지 못하고
사람들은 조금이라도 행복하게 해주지도 못하는
저 자리에
왜 그렇게
자신의 모든 것을 다 바치고
자신이 아닌 모든 이를 다 희생시키면서까지
가 앉으려는지
이것저것 다 떠나서 도저히 이해가 안 가다가도
자신은 남과 다르다는 믿음이
그 지옥의 씨앗이라는 것만큼은 이해가 간다.
마치 자신은 영원히 죽지 않을 것처럼 살아가는
모든 인간의 착각 같은 그 검은 믿음.
항상 죽음을 왼편 어깨 위에 종달새처럼 올려놓고 노래하게 하라.
죽음 그 자체가 아니라 죽음을 잊지 않는 그 마음이
우리를 삶의 지옥에서 구원하는 스승이자 신앙이니.

죽은 사람의 것

190425

나는 한국인이 쓴 글 중에
죽은 사람의 것이 아닌 것은
거의 읽지를 않는다.
이유는 말하기 싫다.

그래서

190420

젊은 시절부터 나는 착한 척하는 자들이 지독히 싫었다. 내가 본 그런 자들은 사실 자신의 바닥에서 가장 악한 일들을 저지르는 자들이었다. 나는 그런 자들 때문이 아니라 그런 자들을 추앙하고 따르는 너무나 많은 착한 사람들 때문에 절망하고 우울한 적이 많았다.

내 위악의 버릇은 그래서 생겨났다.

상식적인 절망

190421

그래도 보통 사람들보다는 나은 사람들이어야 하는 거 아닌가? 좌익이니 우익이니 중도니 어쩌니 하는 것들은 나중 얘기고 말이다. 보통 사람들의 상상력으로는 따라가기 힘든 속물들이 권력을 가지고 있고 앞으로도 어느 누구의 패거리가 집권하게 되더라도 그 절망은 더욱 심해지리라는 절망이 나를 절망하게 한다.

나의 마음과 타인의 마음

190503

나는 사람들의 마음 안 믿는다. 나도 내 마음을 모르겠는데, 나를 생각하는 남의 마음이 어떤 것이고, 또 어떻게 변할지 어찌 아나. 그 순간이 있고 인연이 있을 뿐이다. 타인을 버릴 필요는 없지만, 내가 타인에게 버림받을 각오와 준비는 늘 되어 있어야 한다. 남에게 기대를 가지지 않으면 된다. 실망은 스스로에게 하는 것만으로도 족하고, 넘치게 괴롭다.

세상과 사람과 사람들에 관하여

190506

오랜 세월 동안 한 가지 일을 했다고 해서 누구나 다 그 일의 고수나 대가가 되어 있는 것은 절대 아니다. 그러니 오랜 세월 동안 한 가지 일을 하여 그 일에 고수나 대가가 되어 있는 이는 얼마나 멋진 사람인가.

오랜 세월 동안 한 가지 일을 했음에도 작품으로나 인간으로나 타락하고 말거나, 오랜 세월 동안 한 가지 일을 했음에도 작품으로나 인간으로나 타락한 주제에 그 일에 고수나 대가인 양 행세하는 마귀들과 그것이 통하는 이 세상에서.

역 易

190516

남을 바꾼다는 것은 불가능에 가까울 정도로 어려운 일이지만, 나는 나를 바꿀 수 있다. 그런데 내가 변하면 세상은 변화된다, 적어도 나의 세상은. 이 거대한 세상은 사실상 나의 세상의 부분집합일 뿐이다. 아닌 것 같지만, 이는 철학 이전에 과학이다. 변화하지 않는 삶은 죽음이다. 죽은 자를 두고 어찌 살아 있다고 말할 수 있겠는가.

생활의 해탈

190521

사람이 사람을 사랑하는 것을 말리기 힘들 듯이. 사람이 사람을 미워하는 것 또한 말리기 어렵다. 어쩌면 스스로 깨닫거나 체념하기 전에는 불가능하다. 내가 타인에게 그러할진대, 하물며 타인이 내게 그러는 것은 불가능이라는 표현으로도 부족할 것이다. 요즘 '미움받을 용기'라는 개념이 대히트를 치는 것도 그 때문일 텐데, 타인이 내 재산을 빼앗거나 나와 내 가족의 명예를 더럽히거나 육신을 해하거나 앞길을 막지 않는 이상은 그 타인을 미워하지 않는 것보다, 내가 타인의 재산을 빼앗거나 그와 그의 가족의 명예를 더럽히거나 육신을 해하거나 앞길을 막지 않았음에도 그 타인이 나를 미워하는 것에는 지극히 무관심, 무감각해지는 것이 더욱 옳다. 나를 향한 어떤 미움이라는 것에는 정말이지 나를 미워하는 그자의 어처구니없는 무명無明과 무지無知와 연기론적緣起論的 악연이 스미어 있기 마련인 것이다. 내 죄가 아닌 것은 나를 괴롭힐 수 없다. 그것은 내 죄가 아니라, 나를 미워하는 너의 죄인 것이다. 또한 미움에 의해 영혼이 지옥에서 들끓는 것은 너뿐이고 그 괴로움 역시 네 것이지 내 것이 아니다.

문득, 나에 관하여

190522

승려처럼 살고 싶었다. 저잣거리에서나마 수도승修道僧처럼 살고 싶었다.

그래서 매일매일 노력도 많이 했다. 안 했던 게 절대 아니다. 한 십수 년을 그랬던 것 같다.

그런데 문득,

이렇게,

괴승怪僧이 되어 있다.

(그나마 요승妖僧은 아닌 게 불행 중 다행.)

시간과 공간 속에서

190523

일정이 자꾸 지연되고 있으나, 튼튼하게 다져지면서 속도를 조정하는 전진이라고 믿는다.

빨리 가봐야 기다리는 것은 죽음뿐이고, 시간은 상대적이다. 게다가 빨리 되는 것이 오히려 재앙인 경우는 그렇지 않은 경우보다 더 허다하다.

하루 이틀 치르고 말 전쟁이면 아예 시작도 안 했다. 모래성 따윈 필요 없다. 나는 내 안에서건 밖에서건, 핵심의 변화를 얻고 싶다. 내게 있어,

혁명과 구원은 동의어다.

5

토토와 사랑과 우주와 나

개 한 마리 안에도 하느님이 계시고 불성佛性이 깃들어 있다. 사람과 산다고 해서 사람에게 깨닫는 것은 아니다. 사람은 사람에게 소중하지만, 사람은 사람에게 오로지 지옥만으로 변하기도 한다. 사람에 대한 불신이 아니라, 사람에 대한 현실이다. 반대로(혹은 마찬가지로?), 말 못 하는 짐승과 산다고 해서 말 못 하는 짐승에게서 깨닫지 못 하는 것은 아니다. 엎드려서 나를 빤히 보고 있는 토토를 보면서 문득 이런 생각을 했다. 저 녀석이 말을 안 하니까 저렇게 예쁜 거 아닐까? 언어에 대한 부정적인 상념은 언어를 다루는 작가로서 우울하다. 거리의 사람들을 본다. 이 세상에 가득 차 있는 사람들은 본다. 저들이 말을 해서 세상이 괴로운 것은 아닐까? 연극이나 영화를 연출할 적에 연기를 어려워하는 배우들에게 이러한 말을 한 적이 있다. 다 당신 안에 있다. 모든 것이 이미 당신 안에 있다, 당신 밖에서 찾지 말고 당신 안에서 그것들을 끄집어내라. 글을 쓰기 어려워하는 이에게 역시 이와 비슷한 말을 해주고 싶다. 당신의 가장 가까운 곳인 당신 자신과 당신의 주변에서 글감을 찾아라. 일종의 메모랜덤Memorandum인데, 그것이 바로 당신이 이 세계에 대해 연기하고 저술할 수 있는, 영혼이 죽지 않은 각서覺書가 될 것이다. 물론 그것이 담보할 수 있는 약속 또한 당신이 정하는 것이다. 약속에 대한 이행은 당신 몫이니까. '저 녀석이 말을 안 하니까 저렇게 예쁜 거 아닐까?' 이런 질문은 이제 무의미하다. 침묵을 무시하지 않고 느낄 수 있으면, 사람의 말도 짐승의 말도 그리고 바람과 햇살의 말도 부정하지 않을 수 있다. 개 한 마리 안에도 하느님이 계시고 불성이 깃들어 있음을 믿는 당신 안에 하느님이 계시고 불성이 깃들어 있다. 우리는 그런 것들에 관해서도 쓸 수 있는 사람들이다.

몸살

161112

일정이 변경됐다.

행복이는 모레가 아니라 내일 유기견 보호소에서 데리고 온다.

인터넷으로 주문했던 행복이를 위한 모든 물건이 도착했다.

한밤인데 아직도 녀석을 위한 세팅이 덜 끝났다.

지난여름 토토를 무지개다리 건너편으로 떠나보낸 뒤,

계속 쉬지 못하고 달려왔던 감정의 맥이 풀려서일까.

광화문에는 사람들과 역사가 들끓고

한 시절이 끝났기 때문일까.

열을 동반한 몸살이 났다.

행복

161113

이른 새벽에 깨어 이것저것 만지고 적으며 서성인다.

촛불을 켜고 향도 피운다.

눈을 감고, 기도 비슷한 것도 하였다.

오늘 유기견 행복이가 내 집으로 와 나의 아들이 된다.

굳이 행복을 바라지 않으며 남은 인생을 살겠다고 다짐한다.

그것이 옳은 삶이다.

그러면 다 되었다.

나는 행복하다.

토토

161114

어제 아이를 유기견 보호소에서 집으로 데려왔다. 16년간 토토가 다니던 동물병원부터 들러서 온갖 검사와 진료와 처방들을 마친 뒤 목욕과 미용도 시켰다.

세상에는 겨울비가 내리는데, 아이도 아프고 나도 몸살을 앓고 있다. 아이의 이름은 '행복'이가 아니라, 그냥 '토토'라 지어주었다. "토토야."하고 부르면 그게 뭔 소린가 하고 나를 갸우뚱 바라본다.

나는 잘 지내고 싶다. 무지개다리 건너편의 토토와 무지개다리 이편의 토토와 함께. 나는 아무것도 기다리지 않으며 살아갈 것이다.

내 곁에서

161118

토토가 많이 아프다.

폐렴과 기관지염과 기관지협착증.

유기견 보호소에서는 기를 쓰고 견뎌낸 병들이,

이제 내 곁에서 터져 나오고 있다.

불쌍하고, 속상하다.

막연한 슬픔

161119

세상은 일상적 난세고,

베란다 햇살에 졸던 토토와 나는 동물병원으로 간다.

작은 짐승의 밭은기침과 인간의 은빛 주삿바늘.

누구는 세상이 혁명 중이라고 말하고

또 누구는 세상이 반동 중이라고 말하지만,

말 못 하는 내 병든 외계인 아들과

앞날에 표류하지 않으려 이삼일마다 이를 악다무는 내게

세상은 그저 우환憂患일 뿐.

우리는 왜 동물 주제에 아플수록 더 사나워지기만 하고

알고서 그러는지 모르고 그러는지

아니면 둘 다인지 거짓말만 늘어가는가.

왜 저 작은 짐승처럼 햇살 아래 졸지도 못하는가.

영원회귀

161120

토토를 간호하다가 내가 병이 났구나.

지난여름 무지개다리 저편으로 건너간 토토와 그랬던 것처럼,

이별만큼 만남도 어려운 것이 삶이고 인연인가 보다.

말

161120

아픈 토토와 나란히 누워 눈물 맺힌 녀석의 눈을 가만히 들여다보면서, 말이란 언어로 주고받는 게 아니라 마음이 오가는 것임을 새삼 절감한다.

마음이 자물쇠처럼 닫혀 있는 이에게 수백만 명이 수십 차례 모여 외치며 호소한들 그이와 우리 사이에 아무것도 주고받을 수 없고 아무것도 오갈 수 없는 것은 이미 죽어버린 이를 설득하거나 위로할 수 없는 이치와 조금도 다르지 않으니,

이 세상에서 가장 끔찍한 이는 몸은 멀쩡하되 영혼이 죽어버린 사람.
눈으로도, 눈물로도 아무 말도 건넬 수 없는 사람.

크리스마스 캐럴

161121

대형 마트 지하 동물병원 앞에서
올해의 첫 크리스마스 캐럴을 들었다.
이상하게 마음이 안 좋았다.

나는 아픈 토토를 꼭 끌어안고 이렇게 되뇌었다.

나는 사적인 인간이다. 나는 사적인 인간이다.
잊어선 안 된다. 흔들려선 안 된다.

나는 세상일 때문에 이상하게 마음이 안 좋을 이유가 전혀 없는,
사적인 인간이다.
대형 마트 지하 동물병원 앞에서.

특히

161124

토토의 병세가 어젯밤 다시 악화됐다.
기침과 호흡 곤란, 콧물이 낫지를 않는다.
근심이 크다.
이별도 아프지만 새로운 만남도 이렇게 힘이 든다.
세상에는 정말 공짜가 없나 보다.
아님, 나한테만 이런 건지.
답답하니, 별소리가 다 나온다.
하긴 인간은 언제나 바보 같은 짓을 할 수 있다.
특히 평소에도 머저리 같은 나 같은 머저리는 특히.

편견을 버리자

161125

토토가 링거를 맞고 있는 동물병원 앞에서.

문득 이런 생각이 들었다.

"간절히 원하면 우주가 도와준다."는 그 말.

말 자체로는 나쁘지 않은 거 같다.

아니, 정말 좋은 말 같다.

'무데뽀 정신'의 끝, 간절히 원하면 우주가 도와준다.

간절히 원합니다. 토토를 낫게 하소서 하느님.

안 도와주시면, 전 우주에 확 불을 싸질러버리겠나이다.

첫눈

161126

첫눈 내리는 날.

우울하고 성난 사람들은

안개가 되어 청와대로 천천히 몰려가고,

기적처럼, 토토의 병세에는 호전이 있다.

이것이 내가 지금 이 세상에 대해 알고 있는 전부.

첫눈 내리는 날.

상처

161128

토토가 나를 물었다.

내가 말했다.

"토토. 아빠 물지 마."

아빠도 토토 안 물게.

알았지?

그래도 사랑해, 토토.

치료

161129

개들의 정서 안정에 좋다는 도그TV 채널89번.

토토 집에 혼자 있을 적에 외롭지 말라고 틀어놓는데,

계속 보고 있자니

내 정서 안정에 큰 도움이 되는구나.

89학번 개띠 비정상 소설가를 위한 도그TV.

아득한

161204

어젯밤에는 일본 소주를 딱 넉 잔 마시고,

토토를 내 배 위에서 재우며 나도 잠이 들어버렸다.

꿈을 꾸었다.

무지개다리 건너편에 있을 토토를 만났다.

죽은 거 같았는데, 내가 만지고 이름을 막 부르니까

까만 눈동자를 뜨고 움직였지만

나를 알아보고 반기는 것 같지는 않았다.

슬픔에 뒤척이며 깨니,

불 켜진 방 침대 위 내 발 부근에 토토가 자고 있었다.

거실로 나가 토토의 엔젤스톤이 담긴 크리스털 그릇과

녀석의 사진 액자 앞에 촛불을 켜고 향을 피웠다.

"토토. 아빠는 토토와 잘 지내고 있다. 토토가 어서 감기가 나아 더 건강하게 되도록 네가 도와줘, 토토. 그리고 아빠 앞으로 혼자서는 술 한 잔도 안 마실게. 정말 일 열심히 할게. 미안해."

아득한 감정이 나를 다녀갔다.

불효자의 이빨

161207

토토. 아빠 어제 술 너무 먹어서 마음 안 좋아.

토토. 토토는 우주의 왕자야?

너무 예뻐, 토토.

뽀뽀, 쪽.

“으르렁.”

문제아에겐 문제 부모가 있다.

미안해, 사랑해

161210

주니어 토토는 잘생긴 외모와 쿨한 성격에 사람을 좋아하고 잘 달린다는 것 등에서는 시니어 토토와 참 비슷하지만, 몇 가지 점에서는 꽤 다르다. 필경 유기견 출신이기 때문일 것이다.

시니어 토토는 생후 석 달 즈음부터 내가 보듬어 키워서인지 누구를 공격하기는커녕 누가 자기를 해칠 수 있다는 상상 자체를 아예 하지 못했다. 반면 누구에게도 핥아주거나 하진 않았지만. 그런데 주니어 토토는 겪은 상처와 시련 들이 많아 정말 이해할 수 없는 포인트에서 갑자기 화를 내고 문다. 늘 그런 것은 아닌데. 가끔 문득문득 그런다. 처음엔 나도 힘들었다. 게다가 그런 애가 아프기까지 하니 간호해주기가 너무 불편하고.

그러던 토토가, 그제부터 내가 누워 있으면 가만히 다가와 내 얼굴을 핥아준다. 따뜻한 두 손으로 내 마음을 어루만지듯이.

내 마음

161212

토토 마음을 잘 모르겠다. 상처 많은 마음.

10년 전 즈음의 나를 보는 것 같다.

지금 내 마음은, 가만히 기다리는 마음.

부자유친

161214

우리 토토, 완전 남자야.

수틀리면, 아빠 때려죽일라 그래.

멋져.

치유

161218

우리 토토가 달라졌어요.

완전.

이젠 으르렁거리거나 물지 않아요.

전혀.

안아달라고 그래요.

꼬옥.

충격

161220

성호 형 왈,

"토토가 너를 아비가 아니라, 자기보다 몸이 큰 개로 생각하는 거 같다."

심문

161222

토토 증인,

아빠 문 적 있습니까?

왜 말이 없습니까?

왜 핥습니까?

사랑합니다. 토토.

매력남

161222

여자들이

다정다감한 쌈짱 사나이에게 반하는 이유를,

토토 보고 알겠음.

무게

161223

오늘. 토토, 동물병원에서 진료받고 목욕했다.

몸무게가 5.2kg 나왔다.

유기견 보호소에서 데리고 와 앓고 있을 때보다 1kg가량 늘었다.

새로운 만남은 가슴 아픈 이별만큼 어려운 과정이었다.

토토는 어둠을 돌파한 아이고,

녀석의 무게는 내 사랑의 무게다.

2016

161231

무지개다리 건너편으로 토토를 떠나보냈고
죽음과 질병과 학대가 뒤엉킨 길과 거리,
열악한 어둠이 우울한 아수라장인 유기견 보호소에서
토토를 내 곁으로 데려왔다.
나는 슬픔 속에서 방황했으나
토토는 그런 내게 토토를 보내주었다.

이승의 365일.
나는 나를 조금 더 들여다볼 수 있었고
술을 마셨으며, 기도했다.
상처받고 상처를 주었고 공부했고 일했고
기뻐하거나 힘들었지만, 좌절하지는 않았다.

아름다운 사람들이 많이 죽었다.
은유가 아니라 실지로 그랬다.
그러니 아름답지 않은 내가
아름답지 않은 세상 한가운데 서 있을지라도
살아가야 하고, 또 뭐든 이겨내야만 한다.

나의 일을 내가 하는 것, 그것이 인생이다.

더 이상 다른 말은 필요가 없다.

살아 있는 자의 입술에는 노래가 있어야 한다.
나는 이 법을 잘 지킬 것이다.

토토님의 신년사

170101

인간들아,
물지 마라.
똥을 먹지 마라.
신나게 놀아라.

선포

170103

지금 정식으로 선포한다.
토토의 폐렴과 각종 질환을 종식했다.
토토와 나는 만났고,
우리는 불행을 이겼다.

에로견

170106

무지개다리 건너편의 토토는 사람을 핥지 않았다.

그런데 지금의 토토는 얼굴을 세수시켜주는 것처럼 핥는다.

에로견이다. 에로견.

토토

170128

개는 천사이고

인간은 가시로 뒤덮인 괴물이다.

나의 천사는 나를 꼭 끌어안는다.

간

170130

내 팔을 베고 잠들어 있는 토토를 보면서 이런 생각을 했다.

얘는 간肝이 정말 정말 깨끗하겠구나.

6kg

170209

유기견 보호소에서 데려왔을 적에 토토는 몸무게가 4.2kg이었다. 안고 있는데 엉덩이뼈가 내 팔에 닿아 아플 정도였으니까. 그러고 나서 제 집과 보호자가 생기자 비로소 긴장이 풀렸는지 폐렴과 이질과 독감을 심하게 앓았고, 한 달여 지극정성을 들여 기어코 완치시켰다. 잘못하면 애 또 죽나 싶을 정도로 힘든 과정이었다.

며칠 전. 각종 예방접종을 시키고 구충제를 먹이면서 동물병원에서 몸무게를 달았다. 6kg. 수의사 선생님 말로는, 강아지가 그 정도 몸무게가 늘은 것은 사람으로 치면 30kg 정도 는 것과 같다고 하더라.

나는 무척 기뻤고, 문득 조금 슬펐다. 6kg. 무지개다리를 건너간 토토가 건강했을 때 몸무게가 딱 6kg이었다.

언제까지

170224

이제는 안 그럴 줄 알았는데.

무지개다리 건너편에 있을 토토의 오래전 동영상을 잠깐 봤는데.

눈물이 맺히네.

언제까지 이러려나.

요약

170305

토토 주니어에 대해 대강 정리하자면 이렇다.

외모는 사자.

힘은 당나귀.

성격은 악어.

식욕은 저팔계.

지랄발광은 조커.

두뇌는 스티븐 호킹.

영혼은 베토벤.

내 세상

170312

무지개다리 건너편에 있는 그 토토 그리워하는 재미로 산다.

지금 내 곁에 있는 이 토토 보는 재미로 산다.

겨우 이 정도가 세상이다.

내 세상이다.

내 작고 아름다운 세상.

철학적 명제

170406

토토는 제 얼굴이 납작하다는 사실을 알까?

철학적 명제다.

믿어

170408

앞으로 당분간, 혹은 오랜 기간,

이틀에 하루꼴로 병원에서 자면서 아버지를 간호해야 하는데,

토토가 걱정이다.

하지만 토토는 잘 이겨낼 거야.

엄청나게 참혹한 환경과 상황도 거뜬히 이겨냈던 너니까.

아빤 너 믿어, 토토.

과 같이

170410

토토에게 말했다.

"토토. 집을 자주 비우게 되어서 미안해. 하지만 토토가 아빠를 지켜주는 것과 같이. 아빠도 아빠의 아빠를 지켜줘야 하는 거야. 이해하지?"

좋은 학교

170412

병원에서 아침에 병간호 교대를 하고 터벅터벅 집으로 돌아와보니, 토토가 피부병이 부분적으로 심했다. 당장 잠을 좀 자고 싶었지만 동물병원으로 데려가 털을 깎고 약욕을 시켰다.

이러니저러니 병원에서 병원으로 옮겨 다니는 보호자 팔자. 나쁘지 않다. 나태한 자의 영혼에게 타자의 병원은 좋은 교정기관이다.

양들의 침묵

170416

아버지 병간호 교대하고 종합병원을 나와서

술을 마셨다. 약간 취했다.

집. 나와 토토의 집.

토토에게 양갈비를 주었다.

토토가 아빠보다 양갈비를 더, 백만 배 더 사랑했다.

갑자기 이 세상 모든 양들이 보고 싶어졌다.

그뿐이었다.

경제적 삶

170428

간식 한 개 줄 때마다

15분에서 20분 정도 안고 있을 수 있게 해준다.

토토, 무서운 놈이다.

그 가로수길

170520

어떤 불가피한 일 때문에

새벽까지 술자리에 있다가

집으로 돌아가는 길.

알고 보니, 깨닫는다.

죽은 토토와 늘 산책했던 그 가로수길.

이상한 질문들이 내게 남는다.

토토가 있는 집으로 가서

일단은, 토토를 안아줘야겠다.

그게 내 삶, 내 사랑이다.

강철 시추

170527

나는 토토 주니어에게서 진정한 남자다움이란 무엇인지를 날마다 많이 배운다. 무지개다리 건너편에 있는 나의 천사 토토 시니어가. 이 나약한 아빠가 세상에 슬퍼하고 흔들리고 쓰러질까 봐, 저런

스탈린 같은 놈을 보내준 것이다.

토토 주니어

170527

아까 내가 잠자는 동안, 누가 내 벗어놓은 안경을 잘근잘근 씹어놓았는지 굳이 수사할 필요도 없다. 내가 몰래 저지르는 죄에 대한 하느님의 입장을 충분히 이해할 것만 같다.

못 하는 일

170531

한 이삼일 어디 좀 다녀오고 싶어도, 토토를 동물병원에 맡겨놓으면 자기가 또 버려졌다고 생각할까 봐 못 가겠다.

지금은 무지개다리 건너편에 있는 토토 시니어에게는 그런 맘이 없었는데. 얘는 유기견 출신이라. 그게 확실히 어렵구나.

아버지의 길

170601

맬러뮤트에게 싸우자고 달려드는 시추의 아빠로 산다는 게

참,

쉽지가 않다.

스승

170604

토토는 육신은 시추지만, 영혼은 늑대다.

내 스승이다.

유경험자

170613

집에 오다가 아파트 단지에서

모르는 노령견을 산책시키는

모르는 개 엄마랑 개 얘기를 한참 했다.

노령견 돌보고 임종하는 얘기.

한 30분?

내가 유경험자로서.

여러 가지 유익한 말씀해드렸쥐.

슬픔을 견디는 법 알려드렸쥐.

다시 시작하는 법 말이쥐.

추억 전도사

170617

토토 이 악어 같은 놈이 내 귀중품(안경 같은 것)들에 이빨 자국을 남기고 있다.

문득 그리움

170618

지금 토토 시니어는 어디에 있는 걸까?

마지막 며칠에는 아기 울음소리를 내곤 했는데.

어딘가에서 사람으로 환생한 것일까?

완전히 소멸해버린 것일까?

사실, 무지개다리 같은 게 있을 리가 있나.

나도 아직 사라지지 않았을 뿐.

고백 속의 고백

170618

사실은 토토 주니어를 입양할 적에 고민이 많았다. 또 정을 들여서 후일 이별할 것이 너무나 고통스러울 것을 누구보다 잘 알기에.

하지만, 이제는 후회하지 않는다. 내가 기쁜 것은 물론이지만, 그 지옥 같은 유기견 보호소에서 거의 뼈만 앙상하게 남은 토토 주니어를 처음 보았을 때부터,

나는 두려움을 극복한 사람이다.

음

170618

얼마 전, 어느 아마추어 사회복지사님(?)께서 선물한 헤어에센스를 아까 머리 감고 발라보았더랬다. 머릿결이 한결 부드러워지고 심지어는 두뇌 회전까지 빨라지는 것 같아, 이게 어느 회사의 무슨 제품인가 싶어서 찬찬히 살펴보니,

음.

토토 털 관리하라고 주신 거였구나.

존경

170625

유기견 보호소에서 토토 주니어를 데려오던 날, 녀석을 안은 내 팔이 아팠다. 녀석이 뼈만 남아 있어서. 나는 그날 보았다. 사랑하는 사람에게 버려진 개들의 아수라장 지옥을.

녀석은 100여 마리의 크고 작은 유기견들 사이에서 짓밟히고 물리고 하면서도 깡다구와 건방을 유지했다고 들었다. 나중에 알게 되었는데, 유기견 보호소 생활을 했던 개들은 눈동자가 정상으로 돌아오지 않은 채, 아무리 사랑을 해줘도 트라우마를 극복 못 하는 경우가 많다고 한다.

오늘 밤 집에 돌아가면 토토를 안고 말해주겠다. 나도 너처럼 강하고 늠름해지겠다고. 토토, 넌 대단해. 멋져.

그러니

170908

토토를 고요히 보고 있노라면

정말 강한 녀석이라는 게 느껴진다.

어두운 것도 당연하고

밝은 것도 당연하다.

그러니 강하다.

그리움

171101

토토(시니어)는 사람으로 환생해 어느 집 아기로 자라는 것일까? 아니면 정말 무지개다리 건너편에서 나를 기다리는 것일까?

토토(주니어)를 가슴에 꼭 안은 채 문득 드는 생각.

내가 너에게

180216

나의 유일한 가족인 토토에게 이렇게 말했다.

"새해 복 많이 받아, 토토. 그리고 아빠를 잘 부탁해."

내 대답

180315

견적을 뽑으러 온 이삿짐센터 직원이 토토를 안고 있는 내게 왈,

"강아지를 정말 사랑하시나 봐요."

내 대답,

"애 하나니까요."

(무심코 그렇게 말해놓고 나니까, 뭔가 이상한 슬픔이 밀려왔다.)

구원

180328

새벽에 갑자기 공황이 와서 죽을 뻔했다.

토토가 평소에 잘 때는 내 옆에 안 오는데

나한테 와주어서

녀석의 등에 얼굴을 묻고 간신히 견뎠다.

한 마리 작은 짐승이 나를 살렸다.

고마워

180328

토토를 꼭 끌어안고 말했다.

"고마워, 토토. 네가 어두운 새벽에, 아빠의 영혼을 지켜줬어."

눈동자

180517

어젯밤과 새벽 사이 귀가하다가.

유기견을 보았다.

가슴이 너무 아파 구체적인 상황은 묘사하기가 싫다.

녀석의 눈동자가 잊히질 않는다.

천둥벼락이 치고 비가 억수 같이 내리는 어둠 속에서

나는

나를 바라보는

유기견의 눈동자를 보았다.

한 10년쯤 더 지나면

180525

지금의 토토도 예전의 토토처럼 무지개다리를 건너가겠지.

이후엔, 어떤 개도, 아니, 어떤 것도 곁에 두지 않을 것이다.

남은 인생, 내 마지막만을 홀로 예비하다가 사라질 것이다.

한 10년쯤 더 지나면.

죄와 벌

180624

자다가 눈을 떠보니 토토가 옆에서 자고 있었다.

배를 살살 쓰다듬어주었더니

벌러덩하고 얼음까지 하며 좋아했다.

그런데 갑자기 내 손을 물었다.

이놈이 아직 유기견 시절 버릇을 고치지 못한 모양이고,

원래 성격이 희한한 놈이다.

오늘 하루 어떤 말도 하지 않는 것으로 벌을 줄 생각이다.

저도 답답하고 외로우면 고치겠지.

이 방법밖에는 없다.

내가 원하는 것은

180624

내가 눈도 안 마주치고

내 할 일만 하며

아는 체를 안 하니까

토토 이놈이 괜히 옆에 한 번 누워 있다가는 제 아지트로 가 엎드려 있는 모양이, 뭔가를 느끼고는 있는 것 같으나. 그게 반성은 아닌 것 같다.

내가 원하는 것은 이 두 마디다.

"잘못. 했음."

딱 이 두 마디만 하면 된다,

Toto Lee.

누굴

180624

웃방 제 아지트에서 하도 똥만두를 씹은 표정으로 앉아 있길래, 저것도 자식인데 하는 심정에서 다가가 다시는 아빠 물지 마. 토토. 아빠가 식구라고는 가족이라고는 세상에 너 하나인데, 아빠 물면 어떡해. 그러고 양손 한쪽씩 달라니까 억지로 내밀고, 엎드려 하니까 엎드리는데, 머리를 쓰다듬으니까, 으르렁—. 그렇지 너란 놈이 누굴 닮았겠냐고.

하마터면

181105

산책 중에 하마터면 토토가 진돗개한테 물려 죽을 뻔했다.

놈이 소리도 없이 달려드는 걸 내가 얼른 안았으니 망정이지.

하여간 사람이나 개나

덩치가 크고 힘이 센 것들은 각별한 생활지도가 필요하다.

(오늘 그 진돗개, 하마터면 나한테 물려 죽을 뻔했다.)

신호등

181103

토토랑 횡단보도 신호등 앞에 서 있는데 지나가던 한 남자가

"형 아니세요?" 그러는 거다.

한 25년 만인가? 더 되었을 거다.

대학교 시절 문학 서클에서 시 쓰고 그러던 녀석이었다.

"형. 개 키우세요?"

"응."

"형은 어떻게 늙지를 않으세요?"

"어, 뭐, 그럴라고."

"넌 요즘 뭐하니? 아. 음악평론 하지?"

"네. 요 근처에서 공연이 있어서요."

"회사 다니니?"

"아뇨. 그냥 프리로 일해요."

"그래."

피차간의 어색한 침묵.

녀석이 인사하고.

"그래."

뒷모습으로 멀어져간다.

이제는 누구를 봐도 어색한 인간이 되어가는구나, 내 인생.

토토야. 사람들이 너더러 개란다.

기분 나빠 하지 마. 세상 평가에 휘둘리지 마.

파란불이다. 가자.

얘기

181204

얼마 전에, 한 반려견 행동 분석 전문가에게서 토토에 관해 이런 얘기를 들었더랬다.

"이 아이는 6살 정도인데, 행동은 자신이 2살 정도라고 생각하며 살고 있어요."

그 말을 들은 내 생각은 이랬다.

— 원래 그런 놈인 거냐, 아니면 나랑 살다가 닮은 거냐?

나는 묘한 슬픔에 젖어 들었다.

부처님과 하느님

181226

아침에 일어나니 어제 산책 못 나갔다고 토토 이 새끼가 현관 제 밥통과 물통 앞에 똥을 싸질러 뭉개 놓은 것이었다. 알코올로 청소를 한 뒤 일단 몸만 씻고 차 한 잔 마시면서, 기준을 잡는 일 처리 몇 가지를 했다. 이제 토토님 산책 나가신다. 모두 비켜라.

책임을 다 하지 않는 인생에는 대가가 따르는 법이다. 책임을 다 해야 한다. 토토님께서 그걸 새삼 자신의 '똥'으로 가르쳐주셨다.

(개 한 마리 안에도 불성佛性이 있다. 개 한 마리가 부처님이시고 하느님이시다. 나미아미타불관세음보살, 할렐루야.)

나의 생일에 토토와 단둘이 지내며

190414

토토와 산책 중에 부를 노래를 만들었다.

바람의 왕

바람 속을 달린다 토토 영원한 똥쟁이. 바람 속을 달린다 토토 영원한 꿈쟁이.

아빠는 예수님 부처님 나의 알라신
내 똥을 치운다.

세월은 가고 아빠는 늙고 지구는 망한다.

바람 속을 달린다 토토 영원한 똥쟁이. 바람 속을 달린다 토토 영원한 꿈쟁이.

세월은 가고 아빠는 늙고 지구는 망한다.
아빠는 예수님 부처님 나의 알라신 내 똥을 치운다.

바람 속을 달린다 토토 영원한 꿈쟁이.
세월은 가고 아빠는 늙고 지구는 망한다.

망해라!

작사/작곡 이응준
(아방가르드한 행진곡풍으로 부르시오.)

지금에 와서

190424

생각하건대,

내 삶에 남은 것은 그저 두 가지.

무지개다리 건너편에서 나를 기다리는 토토와

이 밤 내 서재 어느 구석에서 잠들어 있는 또 다른 토토.

가장 선량한 사자를 닮은 작은 시추 두 마리.

이것이 전부라는 결론.

앞으로 내게 무엇이 더 남을 수 있을까.

다만 두려운 것은,

내 곁에 있는 토토마저 수년이 흐르면 나를 여기 홀로 남겨둔 채

무지개다리 건너편으로 건너갈 거라는 것.

개 두 마리와 어두운 사내 하나.

이수라 같은 게 아니라 정말로 이수라인 세상을 바라보며

나쁘지 않은 인생이라고 속삭인다. 나에게.